KB111359

박영화의 자전적 에세이

강릉의 머슴으로 돌아온 판사

강릉의 머슴으로 돌아온 판사

초판 1쇄 인쇄 ㅣ 2014.2.24
초판 1쇄 발행 ㅣ 2014.2.28

지은이 ㅣ **박영화**
발행인 ㅣ **황인욱**
발행처 ㅣ **도서출판 오래**

주   소 ㅣ 서울특별시 용산구 한강로 2가 156-13
이메일 ㅣ orebook@naver.com
전   화 ㅣ (02)797-8786~7, 070-4109-9966
팩   스 ㅣ (02)797-9911
홈페이지 ㅣ www.orebook.com
출판신고번호 ㅣ 제302-2010-000029호

ISBN 978-89-94707-97-6 (03810)

• 책값은 뒷표지에 있습니다.
• 잘못 만들어진 책은 구입하신 서점에서 교환해드립니다.

박영화의 자전적 에세이

박영화 지음

강릉의 머슴으로 돌아온 판사

圖書出版 오래

내가 생각하는 지도자는 국민들과 소통하고 국민들이 희망을 가질 수 있는 비전을 제시하고 그 비전을 달성하기 위한 정책을 내세울 수 있는 사람이어야 한다.

우리나라처럼 보수와 진보로 나눠서 싸우기나 하면 사회발전이 제한적일 수밖에 없다. 지도자는 보수, 진보를 떠나 국민 전체를 아우르고 답답한 부분을 다독거려 줄 수 있는 그런 사람이어야 한다.

그래서 대통령이 누가 되느냐가 중요한 것이 아니라 어떤 대통령을 뽑느냐가 중요하다.

'국민과의 소통'

이것은 지도자가 가져야 할 가장 큰 덕목이다.

소통은 입이 아니라 귀로 한다. 탁월한 리더들은 말을 아끼는 대신 귀를 기울이고 질문을 많이 한다. 입은 하나, 귀는 두 개다. 남의 이야기 도중에 끼어들지 말고 자주 맞장구를 쳐야 소통이 쉽게 이루어진다.

따라서 소통은 국민들의 말을 경청하는 자세에서 비롯된다.

그러나 말은 쉬우나 어려운 문제가 소통이다. 그래서 리더쉽이 필요하다.

현대의 리더쉽은 남을 잘 이해하며 쉽게 교류할 수 있는 사람이어야 한다.

노자는 '훌륭한 지도자는 아랫사람들이 큰일을 할 수 있도록 동기를 부여하고, 자기 임무를 완수했을 때는 백성들 입에서 우리가 해냈다고 자랑스럽게 말할 수 있도록 하는 사람이다.' 라고 하였다.

다시 말해 '구성원들에게 공감할 수 있는 비전을 심어주고 비전을 달성하려는 열정을 불러일으키는 사람' 이라는 것이다.

그러면서도 '성공을 자신이 아닌 구성원들의 공으로 돌리는 사람이야말로 참으로 훌륭한 리더' 라고 하였다.

그러나 이러한 진리를 잘 알고 있어도 실천하지 않으면 무의미하다.

나는 항상 리더의 모습을 곱씹어 보며 묵묵히 실천하는 방법을 배우고 있다.

내가 국민대합창을 개최하여 평창올림픽을 유치하는데 기여했을 때 정부에서 사)월드하모니 멤버들에게 공로상을 준 적이 있었다.

이 때, 나는 나보다 후배들의 기여가 많다고 생각하여 이들에게 상을 받도록 하였다.

그리고 강릉고 동문회 회장이 되고 처음으로 신년회를 반포 메리어트 그랜드볼룸에서 개최할 때였다.

그동안 얼굴을 보이지 않던 동문들이 많이 나와 평소에 두배 정도인 250여명이 참석하였다.

나는 출세한 동문들이 잘 나오도록 자랑스런 동문 축하패를 만들어 주고, 개인 영상 프로필 띄어주는 등 개인 소개를 많이 하도록 프로그램을 짰다.

그리고 못 온 사람들도 소개해 주었다. 그러자 다들 깜짝 놀랐다. 동문들이 이렇게 결속한 것은 최근에는 보기 드문 일이라는 것이다.

이날 행사에 참석한 권성동 의원이 다음날 문자가 왔다. "형님 행사 준비하시느라 수고하셨습니다. 리더쉽이란 게 무엇인지 볼 수 있는 자리였습니다."

리더는 '동기를 부여하고 열정을 불러 일으켜 성공하고 난 다음 그 공을 구성원들에게 돌려주어야 진정한 리더가 된다.'는 사실을 나의 좌우명으로 삼고자 노력하여왔다.

그래서 법관시절 두 번의 지원장을 하면서 불친절하고 딱딱한 법조계의 분위기를 스마일상을 제정하여 친절한 법원문화를 만든 적이 있었다.

그러다 보니 절로 소통하게 되고 직원들이 알아서 편안하고 자연스런 문화를 형성하여 간 것이다.

내가 이런 리더쉽을 가지게 된 것은 전에 지원장으로 모셨던 이흥훈대법관의 리더쉽에서 얻은 교훈 이었다.

이 분은 서기가 결재판을 들고 들어오면 꼭 소파에 앉으라 하고 결재하였다. 결코 서서 있게 하질 않으셨다. 그리고 나갈 때도 문 앞까지 가서 배웅하니 직원들이 저절로 그 분을 존경하였다.

리더쉽은 남을 배려하는 것이다. 그것은 소통하는 것이기 때문에 가식적인 것이 아니라 진실적인 것이어야 한다. 소통은 멀리 있는 것이 아니라 생활 속에 있는 것이기 때문에 언제 어디에서나 항상 소통의 문은 열려져 있어야 한다.

이제 나의 고향 강릉도 소통의 문을 열어야 할 때가 되었다.

내가 가장 사랑하는 고향 강릉과의 작은 소통을 이 책을 통하여 이제 막 시작하려고 한다.

희망이 파도처럼 밀려오는 강릉에서

박 영 화

|목 차|

제1장

꿈

양말에 대한 추억

　내가 초등학교 3학년 때까지 살던 집은 조그만 산골에 한 채만 외롭게 서있는 초가집이었다. 겨울이 되면 지붕에는 항상 흰 눈이 쌓여 있었고 처마에는 고드름이 달려 있었다. 낮에는 눈 무게를 이기지 못하고 부러진 소나무 가지인 '설락목'을 주워 오거나 토끼 사냥을 다녔다. 밤이 되면 등잔불을 켜놓고 가족들이 모여 앉아 어머니가 읽어 주시는 '춘향뎐' '심청뎐' 이야기를 듣거나 6·25동란시의 피난살이 등 가족사를 들었다. 그 때 어머니는 항상 나와 형제들의 뚫어진 양말을 다른 양말의 성한 부분을 잘라 덧대는 바느질을 하고 계셨다. 그 덕분에 우리 형제들은 추위에도 발을 얼지 않고 살았다.

1995년 무렵 지방의 어느 법원에서 근무할 때의 일이다. 시골에서는 힘든 농사일을 하는 과정에서 마신 술로 알콜 중독에 걸린 사람들이 종종 있다. 아주 심심산골에 사는 한 농부가 술만 취하면 이웃에 사는 친척을 찾아가 행패를 부리곤 하다가 구속되어 나의 재판을 받게 되었다. 이미 같은 피해자를 괴롭혀 구속되었다가 징역형의 집행유예를 받고 석방되었는데 다시금 행패를 부려 구속된 것이다. 어느 날 그 피고인의 중학교에 다니는 딸이 아버지를 선처하여 달라는 탄원서가 들어왔다. 그 내용은 피고인이 처와 5명의 자식을 데리고 농사를 지으며 노모를 모시고 살고 있으며, 아침에 학교 갈 때는 양말이 모자라 등교준비가 늦으면 신을 양말이 없어 맨발로 학교를 가는 경우도 있을 정도로 가난하게 살고 있는데, 아버지가 구속되고 나니 사는 형편이 말이 아니라는 취지였다. 자필로 쓴 편지를 보면서 나의 어릴 적 어머니가 기워주시던 양말 생각이 나서 가슴이 시렸다. 그 형편을 봐서는 피고인을 당장 풀어주고 싶지만 판사로서는 집행유예 기간 중에 같은 피해자에게 보복성 폭행을 한 사람이라 징역형을 선고할 수밖에 없었다. 판결을 선고하는 날 피고인에게 딸이 전한 가정형편을 봐서는 풀어주고 싶지만, 법에는 원칙이 있고 알콜중독 치료를 위해서 일정기간 금주가 필요하므로 부득이 실형을 선고하므로 자식과 가족들을 생각해서 이번에는 반드시 술을 끊고 개과천선하라고 당부하였다. 그날 퇴근 후 읍내의 가게에 들러 두터운 아디다스 양말 몇 켤레를 사서 포장을 하여 다음날 피고인의 딸에게 동생들을 잘 챙기고 열심히 공부하라는 당부의 편지와 함께 보냈다. 그 포장에는 피고인의 처자

와 노모의 양말은 물론 나중에 석방될 피고인을 위한 양말 한 켤레
와 현금 5만 원을 넣어주었다.

포도 서리

달빛 환한 어느 밤 우리는 남대천 제방 둑에 모여 앉아 맛있게 포도를 먹고 있었다. 얼마나 맛있게 먹었는지 이빨이 시큼거리는 것을 느끼고서야 수북이 쌓인 포도껍질을 보면서 일어났다. 30분 넘게 걸어서 교실로 돌아왔다. 덜 익은 포도까지 몽땅 먹어치운 탓에 며칠간 밥 먹을 때면 이빨이 시어 혼났다. 지금도 기억나는 강릉고 3학년 어느 여름날의 한 모습이다.

우리는 고등학교 3년을 옛 노암동 교정에서 다녔다. 아침에 도시락 두 개를 싸가지고 가 하나는 점심에, 나머지 하나는 저녁으로 먹었다. 야간수업이 끝날 때쯤엔 출출한 기분이 들었지만 매점도

문 닫았고 주머니 사정도 여의치 않아 그냥 참고 지내는 것이 일상화되었었다. 그러던 어느 날 교실에 남아 공부를 하던 친구들 몇이 작당하여 포도서리를 간 것이다. 노암동 교정에서 회산동까지 진출(?)하여 아무런 준비물도 없이 맨손으로 포도를 따서 제방 둑에 앉아 모두 먹어치운 것이다. 사실 그때 우리 집도 내곡동에서 포도농사를 짓고 있었으나 어린 묘목을 심은 지 얼마 되지 않아 아직 포도가 제대로 열리지 않을 때였다.

내가 대학을 다닐 때쯤 우리 집 포도밭에도 포도가 열리기 시작했다. 휴학을 하고 포도밭에 있는 단칸집에서 사법시험공부를 할 때였다. 어느 날 포도밭에서 아이들의 소곤거리는 목소리가 들려왔다. 동네 아이들이 포도서리를 온 것이다. 살며시 일어나 조심조심 다가가니 초등학생 아이들이 포도를 따고 있는 것 아닌가. "이놈들 꼼짝마라." 며 달려갔으나 한명만 붙잡고 다른 아이들은 모두 도망갔다. 아이에게 물어보니 이웃 동네에 산다고 했다. 포도를 많이 훔치려고 준비한 것도 없었고 그저 포도를 따먹기 위해 포도밭에 들어 왔단다. 불현듯 고3 때 서리의 추억이 생각났다. 아이에게 '함께 서리를 왔다가 친구가 주인한테 붙잡혔는데 그냥 도망가버린 친구들은 의리가 없으니 친하게 지내지 말라' 는 훈계만 하고 돌려보냈다. 돌아가는 그의 손에 내가 딴 포도 몇 송이를 들려주었음은 물론이다.

그 후 여름방학이면 강릉 법왕사에서 공부를 했다. 8월 하순이 되어 학교로 돌아가려 하면 어머니는 내게 먼저 익은 포도를 한 바가지 따 주시면서 "실컷 먹고 가라"고 하셨다. 또한 그 포도밭에서 열린 포도를 팔아 나의 하숙비를 조달하였으니 나는 포도의 자양분으로 공부한 셈이다. 지금와서 생각하면 회산의 포도밭 주인께는 너무나 미안한 일이고 돌아가신 부모님께는 너무나 감사하는 마음이다.

우리가 서리했던 포도밭은 지금 롯데주조(경월주조) 부지로 편입되었고 우리 포도밭 또한 남산초등학교 부지로 편입되어 그 형상을 찾을 길 없지만 지금도 그때 먹은 포도의 자양분은 내 몸을 이루고 있고 포도밭 추억들은 나의 기억에 오롯이 남아 있다. 그래서인지 한 동안 서울가정법원에서 비행소년들에 대한 재판을 담당하고 있을 때 일시적 실수나 개선의 여지가 있는 아이들에게는 바른 길로 가도록 타이르고 가급적 선처하였다. 한 때 서리를 한 학생이 나중에 판사가 될 수도 있듯이 한 때 실수한 그들도 나중에 얼마든지 성공할 수 있다는 체험적 믿음이 있었기 때문이었으리라.

인천지방법원 판사시절

　2001년 인천지방법원에서 민사합의부 부장판사로 있으면서 연간 150건의 화해를 성사시켰다. 아마도 전국 최다 화해였을 것이다. 그중에서도 친족간 분쟁에 있어서는 화해 성사율이 98%에 달했다.

　내가 소송인 사이의 화해를 열심히 권한 것은 고향 선배인 최종영 대법원장이 재판을 하면서 상고까지 올라오면 소송 당사자들끼리 앙금이 많이 남으니까 되도록이면 화해를 권하라는 조언의 영향도 있었다.

　대부분의 판사들은 시간도 많이 소요되고 번거로워 화해를 시키려들지 않는다. 그러나 나는 사건을 파악하고 서로의 입장에 대해 살펴보느라 수고롭더라도 화해를 권하기 위해 당사자들은 물론이고 관계가 조금이라도 있는 이들까지 만나서 면담을 했다. 심지어 부자지간에 3번째 재판을 하는데도 그 부자를 불러서 화해를 권했다. 아들이 소송으로 인해 그동안 자신이 옳지 않은 처신을 한 것에 대해 아버지에게 정중히 사과했고, 아버지는 그동안 쌓인 감정으로 두 번 다시 아들을 안 보고 살 작정이었는데 판사님의 화해 권유 때문에 아들을 용서한다고 했다.

이런 일들은 내가 시골에서 태어나고 자랐기 때문에 가능했다. 나는 소송 당사자들이 내 가족이라 생각하고 법의 힘을 빌려서라도 해결하고 싶어 하는 안타까운 내막에 대해 자세히 검토해보고 되도록이면 화해시키고 조정할 수 있도록 했다. 그렇게 열심히 화해를 시키니 대구지방법원의 어느 법원장님이 화해를 권유한 내 발표문을 출력해서 다른 판사들에게 읽히기도 했다고 한다.

당시 어떤 법조계 선배가 화해 기법에 대해 정리를 해서 다른 법조인들에게도 알려주자 해서 내가 화해 기법을 이론화시켜본 적이 있다.

화해의 기법은 복잡하지 않고 그냥 얘기를 들어주는 것에서 시작한다. 소송당사자들의 입장에서 그들의 얼키고 설킨 내막과 하소연을 들어주고 이해해야 한다.

또한, 허름하게 차려입은 이들을 만날 때면 고향에 계신 내 부모형제처럼 생각하고 더욱 정중하게 대해야 한다. 재판정에서 억울하다고 하소연하는 이들에게 소란스럽다며 판사가 자초지종을 들어주지 않고 그저 조용히 하라고만 하면서 판결만 선고하면 그 사람들은 억울함은 안 풀리고 좋지 않은 감정만 쌓이게 된다.

소송 당사자들에게 소송을 하니 이제는 마음이 편해졌느냐고 물어보면 그들은 한결 같이 아직도 마음이 불편하다고 한다.

그동안 돌려받지 못한 돈을 받으려고 소송했다는데, '돈 받아서 무엇에 사용하려고 하느냐' 고 물으면, '돈 받아서 아이들 교육비에도 쓰고 돈 받으면 좋잖아요.' 라고 한다. 그러면 난 '행복하게 살기 위해 재판해서 돈을 돌려받으려고 하는 거 아니냐.' 고 물어보면 다들 맞다고 고개를 끄덕끄덕 한다. 그러면 '지금 행복하신가요?' 라고 물으면 금방 대답을 못한다.

"어때요 지금 행복하지 않지요. 마음도 불편하고..." 내가 다시 묻자 고개를 끄덕거린다. 돈 때문에 친족 간 형제간 소송을 제기하지만 결국 행복을 앗아가는 소송은 차라리 화해로 해결하는 것이 천번만번을 생각해도 더 좋다.

그들은 재판을 하면서 밤에도 잠을 못 잔다고 이야기 하였다.

"이번 경우는 재판에 이겨서 돈을 가져가셨지만 반대로 상대는 돈을 뺏긴 경우인데 나중에 맘이 좋겠냐." 고 하면 마음이 조금씩 풀린다.

나는 화해하는 데 독특한 방법을 쓴다.

소송내용 하고는 상관 없는 이야기를 꺼내 주위를 환기 시킨다.

특히 형제끼리 소송을 할 때면 나는 고향을 물어보고 가족에 대해 물어본다. 고향이 시골이라면 어떤 집에서 살았는지, 옛날에 한 이불 덮고 자고, 같이 고생하면서 크지 않았는지를 물어보면 금새 그들의 눈에서 눈물이 글썽글썽한다. '지금은 형제끼리 재판을 하지만 여기에서 나가 누구 하나 사고를 당하면 맘이 아플 것 아닙니까? 사고를 당하면 남보다 형제가 먼저 도와줄 것이 인지상정 인데 이렇게 싸우면 어떻게 하느냐.'고 물어보면 말없이 고개만 숙인다.

'형제 사이에 어렵게 살면 서로 도와주고 살아도 부족한 데 돈 몇 천 가지고 이렇게 싸워야 되겠습니까? 주위 사람들 때문에도 싸우겠지만 형제 사이에는 이제부터라도 화해하고 사이좋게 살아야 돌아가신 부모님들도 좋아 하실 겁니다.' 하고 말하면 두 사람이 운다. 이럴 때 에는 실컷 울게 놔둔다.

'화해를 하게 되면 나는 둘 중 어느 한 쪽은 유리하고 어느 한 쪽은 더 불리하다고 설명하면서 그러니 법을 기준으로 적절하게 배분해도 이의 없습니까? 라고 말하면 그대로 따르겠다고 하여 해결한 적이 있었다.

또 한 번은 장애인 되시는 분이 반바지 입고 슬리퍼 끌고 판사실에 와서 씩씩거리고 떠들어 댄다. 그러면 점잖게 '다른 판사들은 호통을 치겠지만, 나는 그냥 이제 내가 내용 다 읽어봐서 안다, 그러면서 혹시 다른 재판에 갈 땐 그런 차림으로 가지 마라 조언한다.' 장애인이 됐건 누가 됐건 만기가 되면 세입자가 집을 비워줘야 하는데 "내가 장애인인데 주인이 돈 있다고 이래도 되냐"고 씩씩거리며 항의를 하였다.

그러나 이것은 법으로는 권리가 임대인에게 있어 말이 안 되기 때문에 내가 주인을 설득해 한두 달 말미를 줄 테니까 그때까지 정리를 하자고 설득해 화해시킨 적이 있었다.

피고인에게 부의금을 보내는 판사

서울중앙지방법원에서 형사단독 판사로 근무할 때의 일이다. 아주머니 한 분이 아이들을 데리고 지하철에서 앵벌이를 하다가 집행유예 기간 중에 다시 재범하였다는 이유로 구속되어 내게 재판을 받게 되었다. 경찰은 더리고 다니는 아이들이 고아들을 데려다 앵벌이는 시키는 것으로 의심하고 조사를 하였으나 친자식들로 밝혀졌다. 이미 집행유예를 받았음에도 아이들을 시켜 앵벌이를 하는 이유를 묻자 남편이 폐병으로 사경을 헤매고 있어 먹고 살 방법이 없어 구걸을 하였고 자신이 빨리 석방되지 않으면 남편을 곧 사망할 것이라면 울음을 터뜨렸다. 그런 하소연을 하는 피고인의 말투가 어디서 많이 듣던 것 같아 기록을 살펴보니 본적지가 강원도 동해시였다. 참으로 딱한 처지였지만 집행유예기간에 재범한 것이라 고민스러웠고 2주 후에 판결을 선고하겠다고 했다. 며칠 후 판사실에 탄원서가 한 장 도착하였다. 피고인의 이웃 주민들의 탄원서였는데 피고인의 남편이 사망하였다면서 장례를 치를 수 있도록 선처하여 달라는 내용이었고 사망진단서가 붙어 있었다. 즉시 구속을 취소하여 석방하였다. 집행유예 기간에 재범을 한데다 변호인이 없어 보석신청도 없었으니 피고인의 말만 믿고 사전에 석방할 수도 없었지만 피고인의 하소연에 좀 더 귀 기울이지 못한 미안함이 밀려왔다. 더구나 고향 사람인데~. 나는 여직원에게 돈 10만 원을 주면서 그 피고인에게 경조전신환을 여직원 이름으로 보내달라고 했다. 딱한 처지의 피고인에게 경제적으로 조금이라도 도움이 되고 싶었지만 아직 사건이 진행 중인데 판사 이름으로 피고인에게 조의금을 보낼 수는 없다고 생각해서였다. 나중에 판결을 선고하면서 피고인에게 장례를 잘 치렀느냐고 물으니 주위의 무사히 치렀다고 답했다. 어려운 형편은 이해가 되지만 어린 아이들을 시켜 구걸을 하면 처벌을 받는 것 알고 있지 않느냐, 집행유예 기간에 재범을 하여 이번에는 실형을 선고하는 것이 원칙이지만 피고인의 딱한 사정을 참작하여 마지막으로 벌금형으로 선처하니 다시금 그런 일이 없도록 하라고 간곡히 당부하였다. 벌금을 납부할 수 없는 피고인에게 벌금형을 선고하는 터이므로 그간의 구속기간 1일당 환형유치 하는 벌금액을 조정하여 추가 벌금을 납부하지 않아도 되도록 하였음은 물론이다.

사법파동의 중심

　　진정성은 자기의 영리를 따지지 않고 대의나 공익을 위해 헌신하는 것이고　신뢰성은 법과 같다. 그리고 법은 약속이다. 따라서 약속은 지켜져야 하는 것이다. 판사들은 약속된 대로 판결한다.

　　판사생활을 한 나는 약속에 익숙해져 있다. 나한테 이익이든 손해이든 약속은 반드시 지켜야 하는 생활철학이다. 그리고 나는 다른 판사들과는 다른 창의성을 갖고 있다. 끊임없는 호기심이랄까? 아니면 뭔가 새로운 일을 찾으려는 열정이 있어서 일까? 안주하기보다는 새로운 것을 찾으려는 노력이 나를 창의의 인간으로 만들고 있다.

　　창의성이란 기존의 틀에만 충실해서는 한치 앞도 발전할 수 없다. 이 세상이 발전하는 것은 새로운 것에 대한 고민과 호기심, 도전, 노력이다. 가장 보수적인 법원이라는 조직에서 나는 창의성을 갖고 법의 연원에 대한 고민, 법을 현실에 맞도록 적용시키는 고민을 많이 했다.

6 · 29 선언 이후 1988년 2월 노태우 정부가 출범하고 불어 닥친 민주화 열기에도 아랑곳없이 5공 당시의 사법부 수뇌부를 재임명하자 88년 2월, 나를 비롯한 소장판사들이 사법부 수뇌부의 개편을 주장하는 '새로운 대법원 구성에 즈음한 우리들의 견해'라는 성명을 발표하였다. 이 성명서에서 판사들은 대법원장 사퇴와 함께 정보기관원의 법원 상주 반대, 법관 청와대 파견 근무 중지, 유신악법 철폐 등을 요구하였다. 당시 수원지방법원 판사로 있던 나와 주로 서울 · 수원 · 인천, 그리고 부산지역 소장 판사 330여 명이 대법원장 선임문제와 관련, '법원 독립과 사법부 민주화'를 요구하는 서명에 참여했다.

그 후 93년 김영삼 정부가 출범한 이후 내가 서울민사지방법원 단독판사로 재임할 때 나를 비롯하여 서울중앙지법 민사단독 판사들 40여명이 '사법부 개혁에 관한 건의문'을 통하여 "사법부의 자기반성 없이는 진정한 개혁이 이뤄질 수 없다"는 내용을 발표하였다. 이 당시 강금실 판사가 주도를 하였는데, 나도 주동자의 한사람으로 부각된 것이 소위 3차 사법파동이었다. 이 때 우리는 법원의 독립성 확보를 위한 법관의 신분 보장과 법관회의를 요구하였다.

　당시 3차 사법파동을 주동한 강금실은 그 이후 법무부장관을 역임하고 서울시장 선거에 출마하는 등 정치인의 길을 선택했지만, 나는 정치적이질 못해 그 자리 그대로 있었다.

　정치를 하는 사람들은 욕을 먹게 되어 있다. 잘하든 잘못하든 지지층이 상대적이라 정치인들은 누구에게든 욕을 먹는 것은 당연하다. 나는 정치에 입문하지 않은 탓에 욕은 안 먹고 살아 왔다.

내 인생의 지표 〈도덕경〉

내가 인생을 살아나가는 데 있어 마음의 지표로 삼게 해 준 책이 있다.

그것은 젊은 시절에 읽은 노자의 〈도덕경〉이다. 그 중 상편 2장의 내용은 지금도 나의 인생지표로 삼고 있다.

是以聖人 處無爲之事(시이성인 처무위지사).

'성인은 무위의 방식으로 일하고 무언으로 가르쳐야 한다.'는 것으로 몸소 진실하게 다른 사람들을 섬기는 모범을 보여야 하며, 하는 척 하는 일이 없도록 하라는 뜻이다.

'사람들을 대할 때 가식으로 대하지 말고 진실되게 대하라'는 이 구절은 나를 진솔된 사람으로, 항상 진정성을 갖고 사람들을 대하는 태도를 갖게 하였다. 그래서 그런지 인천지방법원에 있을 때, 판결로서가 아닌 화해로서 사건을 해결하는 데 영향을 끼친 것 같다.

行不言之敎 萬物作焉而不辭(행불언지교 만물작언이불사).

'말이 없음의 가르침을 행하고 만물은 스스로 자라나는 법이며 간섭할 필요가 없다.' 는 뜻으로 모든 일에 말없이 몸소 모범을 보이고 말로서 따지고 잔소리를 하지 말라는 뜻이다.

부모의 마음은 자식들이 잘 되기를 바라기 때문에 이것저것 간섭을 하게 된다. 그러나 아이들은 좋은 말도 자꾸 하게 되면 잔소리로 들리게 되고 그 잔소리가 많아지면 반발하여 삐뚤어지거나 아니면 마마보이가 되어 자기 스스로 행동할 줄 모르는 아이가 된다. 부모가 말없이 행동하면 아이들은 무의식속에 부모의 행동을 따라하게 되는데 그것이 가장 좋은 가르침이라고 하는 것이다.

나는 아이들에게 잔소리를 안 한다. 그래서 그런지 아이들이 자기 스스로 모든 일들을 판단하고 행동한다. '가장 좋은 교육은 부모' 라는 말이 이 뜻이다. 아이들은 부모의 말과 행동을 그대로 따라 배우는 것이다.

生而不有 爲而不恃(생이불유 위이불시).

'생육했더라도 자기 것으로 소유해서는 안 된다.' 는 뜻으로 선행을 내세워 자기만이 옳다고 여기면서도 남이 보면 선행을 하는 척 하는 것은 오히려 남들이 나를 믿을 수가 없게 만든다는 것이다.

그래서 정치인들이 가장 마음에 담아두어야 할 구절이다. 선거 때가 되면 민의를 수렴하는 척 하면서 막상 선거가 끝나면 나 몰라라 하는 정치인들을 꾸짖는 말이다. 유권자 앞에서는 홍보하기 위해 양로원과 보육원을 찾아 가서 기부하면서 사진 찍어 마치 선행하는 척 하는 등의 행동은 선행하는 척 하는 것이지 진심으로 선행을 하는 것은 아니다.

나는 일찍이 '선행을 하려면 말없이 행하라'는 이 말의 뜻을 깊이 새긴 바 있어서 십여 년 동안 고향의 중고등학생들에게 장학금을 주면서도 나서지 않았다.

成功而弗居夫唯弗居 是以不去(성공이불거부유불거 시이불거).

'공로를 차지하지 않음으로 해서 그 공이 사라지지 않는다.'는 뜻으로 기독교에서 말하는 '오른손이 하는 일을 왼손이 모르게 하라'는 뜻과 같다. 어떤 반대급부를 바라지 않고 진실 되게 행한 선행은 영원히 그 공과가 남아 있다는 것이다.

사람은 누구나 늘 이해타산을 하며 미덕을 베푼다. 그러나 진심에서 우러나오는 미덕을 행하면 남들이 그것을 말없이 보고 배우고, 또한 자신의 미덕을 세상에 알리려 하지 말고 몰래 미덕을 행하면 결국은 그 미덕이 세상에 다 드러나게 된다는 것이다.

이러한 노자의 사상을 마음 속 깊이 새겨 내 삶의 행동 하나하나의 지침으로 삼아 살아왔다. 그러나 변호사 초년 시절까지는 그런대로 이 좌우명대로 실천하려고 많은 애를 써왔던 것 같다. 하지만 변호사 생활 10년이 지나면서 사회활동이 많아지자 말이 많아지고 행동은 쫓아가지 못하는 일들이 빈번하게 되어 나의 좌우명에 대한 실천의지가 약화되는 것이 아닌가 하는 우려가 생겼다. 그래서 다시 나의 내면을 닦는 시간을 가지고 진실된 봉사의 길이 무엇인가? 더불어 살아가는 길은 어떤 길인가? 내 고향을 위해 함께 만들어 가는 길은 없는 것일까? 하는 고민을 하게 되었다.

퇴직금과 장학금

나는 강릉 변두리에서 농부의 아들로 태어나 경제적으로 많은 어려움을 겪으며 자랐다.

어린 시절부터 가난에 대한 경험이 있었고 경제적으로 힘들었기 때문에 여유가 된다면 어려운 사람들을 도와주고 싶었다. 사실 공무원 신분인 판사 생활을 할 때는 경제적으로 누군가에게 도움을 줄 수 있는 여유가 생기지 않았다. 그러나 마음속으로는 늘 가난한 사람들을 위해 뭔가를 해야겠다는 생각을 하고 있었다.

아내는 10년간 교직생활을 하며 아이들을 키웠으나 아이들이 커감에 따라 더 이상 판사월급으로는 학비를 감당하기 어려웠다.

그래서 나는 아내와 상의한 후 경제적인 문제와 건강상의 문제로 공직에서 퇴직을 하고 변호사 사무실을 개업하게 되었다.

그 때 나의 생각은 퇴직금의 일부를 빚을 갚는데 쓰고 남은 돈은 장학금으로 쓰려고 생각하였지만, 계산해보니 퇴직금으로 빚을 갚고 나면 손에 주어지는 것이 7백만 원 밖에 안 남게 되어 아내에게 그냥 퇴직금 전부를 장학금으로 다 내고 빚은 벌어서 갚겠다는 의사를 표시했다.

아내는 아무 말 없이 나를 바라보기만 해서 동의한 줄 알고 있었다.

그런데 하루는 부장검사로 있던 고시공부를 함께 했던 대학 동기가 나에게 편지를 주며 집에 가서 읽어보라 하였다.

나는 무심결에 읽어보니 "퇴직금을 전부 장학금으로 기부하는 것은 좋은 생각이나 가족들이 그동안 고생한 것 좀 생각해줘라."고 충고를 했다.

아무리 생각해도 아내가 친구에게 이야기 한 것이라 생각되어 아내에게 싫은 소리를 하였다.

그러자 아내는 갑자기 대성통곡하며 '헌이엄마(검사친구 부인)가 박판사는 퇴직금 얼마 받느냐'고 물어서 '그냥 다 장학금 낸다.'고 한 마디만 했을 뿐이라며 그동안 쌓여 있던 울분을 토하고 말았다.

나는 몹시 당황하였다.

그래서 '아- 그동안 속상한 게 이제야 터지는 구나' 싶어 아내에게 2천만원만 장학금 내고 나머지는 빚 갚자고 설득하여 아내의 마음이 조금이나마 풀어지게 되었다.

나는 20년 이상 공직에서 받은 퇴직금을 의미 있게 쓰고 싶어서 퇴직금의 전부를 기부하고 싶었지만 할 수 없이 모교인 강릉고등학교에 1천만원을 기부하고 강원도 출신의 학생들을 위한 금강장학회에 1천만원 기부를 하는데 만족해야 했다.

그 후 변호사 사무실을 개업하고 경제적 여유가 생길 때마다 고향을 위해 여러 학교에 소정의 장학금을 지급하게 되었다.

내가 다녔던 학교 뿐 만 아니라 신입생 모집 시기에 맞춰 강릉에 있는 학교에도 골고루 장학금을 지원하여 고향인 강릉의 인재들이 좀 더 좋은 조건에서 편안하게 공부를 하였으면 하는 마음으로 지금도 매년 장학금을 지급하고 있다.

인 연

어렸을 때는 교육자가 되는 것이 꿈이었지만 고교시절 생각이
바뀌면서 법조계로 가야겠다고 결심했다.

당시 가정형편이 어려워 등록금이 저렴한 국립대학교에 갈 수
밖에 없었는데 국립을 찾아 아무런 연고가 없는 대구의 경북대학
교에 가게 되었다. 다행히 그곳에서 뜻있는 법조인이 되겠다는 친
구들이 많아서 공부 분위기가 잘 조성되어 열심히 공부하여 졸업
하던 해에 사법고시에 합격할 수 있었다.

그 후 판사에 임용되어 서울중앙지방법원 부장판사를 마지막으
로 16년 동안 의 직무를 청산하고 퇴직을 하였다.

뒤돌아보면 좋은 인연이 많았던 것 같았다.

나는 나를 만난 사람들이 그래도 나를 만난 것에 대해 다행이라고 생각하길 바라는 마음에서 한 번 인연을 맺으면 도움이 되는 사람이고자 하였다.

대학 다닐 때 학교 근처에서 방을 얻어놓고 집에서는 세탁만 하고, 친구와 독서실 옆 복도에 있는 탁구대 위에 사제 전기장판을 꼽아놓고 그 위에서 잔적이 많았다. 그리고 식사는 독서실 앞 식당에서 했다. 그 인연으로 그 식당 아주머니는 지금까지도 김장을 하면 김치를 한 통씩 보내주신다. 그 분이 내가 사법시험을 치를 때 다른 선배를 시켜 시험장까지 죽을 쒀서 보내주셨다. 정말 고마운 분이시다. 학교 졸업한 이후에 단 한 해도 거르지 않고 '아주머니가 해주신 밥 먹은 힘으로 지금도 올바른 판사가 되려고 노력합니다.' 라는 연하장을 보냈다.

그런 인연으로 아주머니의 자녀가 결혼할 때나 아저씨가 돌아가셨을 때도 조문을 가는 등 지금까지 인연을 이어오고 있다. 어느날 아주머니로부터 전화가 걸려왔다. "내가 미끄러져 다쳐서 김치를 못해서 올해는 김치를 못 보냈다." 고 하셨다. "저희가 김치를 해서 보내드려야지 그런 걱정을 하시냐. 암 걱정 마시고 건강 잘 챙기세요." 고 안심시켜 드렸다. 지금도 가끔 명절 때 내려가게 되면 아주머께 옷이라도 사다드리곤 한다.

또 다른 한분의 인연이 있는데, 그 분은 나에게 많은 도움을 주신 분이다.

대학 다닐 때 장학금 주시던 분이었는데, 내가 신혼여행 갈 때도 50만원의 축의금을 주셨다. 너무 고마운 분이시라 그분에게는 어떻게든 힘껏 은혜를 갚고 싶었다. 요즘도 휴가 땐 한 번씩 그분 집으로 내려가 미나리도 같이 캐는 등 형제같이 지내고 있다.

내가 영덕지원장으로 있을 때 인연이 되었던 분은 법원의 조정위원으로서 수산업을 하시던 분이었다. 그분 처남이 선배 판사라서 친하게 지냈는데 이번 설에도 대구 처갓집 갔다가 강릉으로 올라가기 전에 일부러 울진 들러서 그분과 저녁 먹고 올라올 정도로 깊은 인연을 이어오고 있다.

나는 한 번 맺은 인연을 소중하게 생각한다. 특히 내 가치관인 신의가 그런 인연을 계속 이어주는 것 같다.

2004년 6월에 한승 법무법인을 설립한 후 변호사 42명, 직원 40명의 대형 법무법인으로 성장시킨 적이 있었다.

그때 소속 변호사들이 차를 뽑으려 하면 이왕이면 고향친구나 선후배들 중 딜러 하는 사람들에게 팔아주기 위해 소개해 준적이 있었다.

어떤 경우에는 출고가 2달 뒤에 나온다고 해서 내가 직접 해당 자동차 회사 이사한테 전화를 걸어 바로 다음날 출고되도록 도와 준 적이 있을 정도로 나는 인연을 소중하게 생각하였다.

그런데 지금도 가장 가슴 아픈 인연으로 남아 있는 일이 있었다.

초등학교 동문인 친구가 갑자기 암으로 죽은 일이 생겼다. 게다가 남의 보증까지 서서 집까지 경매로 넘어갔다. 당시 친구 아들은 중국에서 유학 중이었으나 갑자기 친구가 죽자 유학을 중도에 포기하고 돌아와 군대에 갔다. 나는 친구 아들이 제대하자 우리 사무실의 서무를 맡도록 주선하였다.

다행히 친구아들은 휴일에도 나와서 일할 정도로 무척 성실했다. 지금은 사무실 회계직원과 결혼해서 잘 살고 있는데, 지금은 워낙 성실하고 믿음직하여 모든 일을 마음 놓고 맡길 정도로 오히려 내가 의지하게 되었다.

16년간의 공직생활을 벗어나 벌써 10년째 변호사 일을 하고 있다.

법조계에 있을 때에는 시시비비를 가리는 일에만 몰두했는데, 변호사를 하다 보니 좀 더 자유스러운 분위기 속에서 여러 활동을 할 수 있게 되었다. 변호사를 하면서 국민들의 권익을 보호해 주고 권리를 찾아주는 일에 많은 보람을 느끼고 있을 때 다른 변호사들보다 사건을 많이 처리한다는 것 하나 때문에 돈에 욕심이 많다는 오해를 사기도 하였다. 그러나 사실 수입보다는 무고한 사람들이 정당하게 무죄 판결을 받았을 때 기쁨과 성취감을 느끼기 때문에 열심히 한 것 같다.

국민대합창의 서막

알펜시아 문제로 강원도가 모라토리엄을 선포할지도 모른단 이야기들이 떠돌아 다녔다.

나는 강원도 선후배들을 만나면 '강원도 출신이라고 자랑하고 다녔는데, 부도가 나면 어떻게 얼굴을 들고 다닐 수 있겠느냐.' 며 좋은 방법을 찾아보자며 모일 때마다 서로 궁리하게 되었다.

"동계올림픽을 유치하면 설마 정부가 부도나도록 두진 않을 것 아닙니까?" 어느 후배의 말에 나도 동의 하였다.

"그러면 우리가 도움 되는 일이 뭐지?"

그러던 중 12월 어느 날 검찰 간부로 근무하는 고향 후배 O와 회사원 L이 나에게 찾아와 "선배님, 동계올림픽 유치를 위해 우리가 강릉에서 합창을 하려고 하는데, 강릉에서 호응이 별로 없습니다. 도와주서야겠습니다."

"글쎄, 강릉에서 합창대회 한다고 평창올림픽 유치에 얼마나 도움이 될 수 있을지 모르겠네."

내가 좀 소극적으로 이야기 하자 후배들은 선배님이 꼭 좀 도와주어야 한다고 재차 요청하였다.

"정, 하고 싶으면 서울시청 앞에서 하는 게 홍보가 되지 않을까? 월드컵 때처럼 서울시청 광장에서 하면 국내 뿐 아니라 외신들도 올림픽 유치가 정말 뜨겁다는 것을 전세계에 알릴 수 있을 것 같은데…"

그날은 이런저런 이야기를 하다 헤어졌다.

며칠 후 그 후배가 다시 찾아왔다.

"우리가 선배님 말씀 듣고 곰곰이 생각해 봤는데, 서울에서 하는 게 좋을 것 같습니다. 이왕 하는 거 동계올림픽 유치에 도움이 되어야 되니까 서울에서 합창하는 것이 맞습니다. 선배님도 같이 하시죠?"

"그래 좋은 생각인데, 내가 공연을 해보지 않아서…" 그들의 말을 듣고 자신이 없었다.

"공연은 전문가들이 해야지 섣부르게 했다간 그르치게 된다. 더군다나 올림픽유치를 위해서 하는 것인데 잘해야 될 거 아냐?"

나는 부정적인 입장을 취하자 "그냥, 선배님은 참여만 해 주십시요. 일은 저희들이 다할 겁니다."

그들의 열정에 나는 더 이상 물러설 수 없었다.

더군다나 함께 온 L 후배는 당뇨 때문에 다리 하나를 잘라 의족을 한 후배였다.

나는 이들의 열정에 감복하여 고민을 하지 않을 수 없었다.

O 후배는 승진을 앞두고 있고, L 후배는 건강이 문제인데도 고향을 위해 자신들을 희생해서라도 올림픽을 유치하겠다는 열정에 그만 나의 마음은 약해졌다.

두 고향 후배보다는 변호사라 시간도 자유롭고, 승진문제도 없는데다 당뇨 앓는 친구보다 건강도 좋으니 내가 나서는 것이 좋겠다고 생각되어 허락하였다. "그래, 한번 해보자." 이렇게 의기투합하여 우리 셋이 주축이 되어 J 후배에게 요청하여 사무총장을 맡기게 되었다.

나는 우선 사무실이 있어야 했기에 사비로 서초동에 사무실과 집기를 준비했다. 모든 행사요원을 자원봉사로 하기로 하고 사람들을 모으기 시작하였으나 자원봉사 구하기가 쉽지 않았다.

말이 국민대합창이지 만나는 사람마다 취지는 좋지만 행사가 제대로 될지에 대해 우려하는 사람이 많았다. 또 사람도 사람이지만 예산이 문제였다.

이 행사가 전국민과 세계인에게 알릴 수 있는 준비무대에 들어가는 비용이 적어도 10억원 넘게 들어갈 것으로 보여 비용마련도 시급한 문제였다. 그러나 결심을 했으면 밀어붙이는 것이 내가 할 수 있는 최선이라 여기고 사단법인을 만들기 위해 참여할 사람을 모으기 시작했다. 그러나 생각보다 어려웠다.

행사에 대해 부정적인 사람이 많아 두배로 힘들었다. 몇 번씩 삼고초려하여 설명하고 설득해 10여일 지난 2011년 1월 전CBS사장을 지낸 이정식씨를 이사장으로 하고 (사)월드하모니라는 법인을 설립했다.

이때부터 가속도가 붙어 행사 추진이 급진전되었다.

방송국과의 조율은 처음부터 쉽지 않았다. 방송국은 KBS로 선정했으나 중계 협상이 난항을 겪자 우리는 정치권을 움직여 KBS와의 계약을 해결하게 되었다.

KBS와 협의 끝에 지휘자로 정명훈씨를 초빙하기로 하고 접촉을 하면서 합창곡 선정에서 서로 의견이 맞지 않아 조심스럽게 취지를 설명하고 또 설명해 곡명을 가까스로 합의하는 등 첩첩산중이라는 말을 행사 진행하면서 실감 하였다.

또 한편으로는 서울시립교향악단의 반주와 전국 학생 합창단 및 시립합창단 2018명 모집을 준비하는데 박차를 가하였다.

그러나 예산확보가 난제였다. 지금까지 진행한 비용은 내가 지출하였으나 예산확보는 쉽지 않았다.

강원랜드에서 10억원을 지원하기로 하였으나 예기치 못한 일로 차질이 생겼다. 매일 밤늦게 까지 대책회의를 하고 토론을 하였지만 예산확보방안은 나오지 못하였다.

나는 눈앞이 캄캄해졌다.

이미 엎질러진 물이라 중단 할 수 없어 국민대합창단에 들어가는 비용 10억 이상을 해결해야 할 책임이 나를 짓눌렀다. 이미 언론에 다 공표를 하여 계획을 취소할 수는 없었다.

나와 후배들은 여기저기서 협찬 받으러 다니느라 정신이 없었다.

하나의 문제를 풀면 또 하나의 문제가 앞을 가로막았다.

아무리 예산을 확보하려고 발버둥 쳐도 예산확보는 그리 쉽지 않았다. 매일매일 경비는 들어가는데 방문한 후원업체에서는 협의 중이라면서 기일을 확답해주지 않았다. 내가 가장 믿었던 강원도 기업 D그룹에서는 첫마디에 거절을 당했다. 알펜시아에 현장도 있고 강원도의 대표기업인 D그룹에서 거절할 줄은 꿈에도 몰랐다. 그때 실망이 컸다. 그때마다 O 후배가 용기를 내자고 힘을 돋우어 주어 그나마 버틸 수 있었다.

또 후원을 요청한 H그룹에서는 선거법 위반이라며 거절했다. 정말 절망스러웠다. 쉽지 않은 일이라고 생각은 하였으나 개인일도 아니고 고향을 위해 하는 일에 대해 이렇게 비협조적이라는 사실에 대해 정말 많은 실망을 했다. 그러나 팔은 안으로 굽는다고 용기를 주고 희망을 준 곳은 역시 강원인들의 모임인 강원도민회였다. 18개 시, 군민회에서 협찬금을 내기 시작했다. 재경강원도고교 동문회에서 적극 참여하는 등 분위기가 달아오르기 시작했다. 재경삼척시민회에서 선뜻 5천만원을 협찬해 용기를 주자 재경강릉농공고 동창회에서도 적극 나서기 시작했다. 이번 행사는 강원도민들이 주체가 되어 성사시켜야 강원도의 힘을 보여줄 수 있다고 판단하고 더 적극적으로 강원도민들을 참여시키기 위해 노력하였다.

다행히 강원도, 강릉시, 삼성, SK, 현대차, LG, 포스코, 강원랜드로 부터 협찬을 받으면서 일이 순조롭게 진행되었다.

또한 개인적으로 많은 분들이 후원을 해줘 공연준비는 무리 없이 진행하는 듯 했으나 행사장에 참여할 관람객이 문제였다.

서울시청 앞 광장에 1만명 이상 운집하게 하려면 홍보를 대대적으로 전개하지 않으면 안 되었다.

나는 홍보 영상을 만들어 강원도민회를 찾아갔다. 그리고 도민회의 협조로 영상을 틀어주면서 "우리 강원도민들이 언제 서울 심장 한복판에서 큰소리 쳐 본 적 있습니까! 조선시대에도 없던 일입니다. 이번에 한 번 판을 만들어 놓았으니 강원도 분들은 그냥 오셔서 어울리고 소리만 질러주시면 됩니다. 힘만 실어주십시오. 그러면 정말 우리 강원도가 다시 살아날 수 있습니다. 이럴 때 한 번 결집합시다!' 진심으로 호소하였다.

강릉의 아침

2월 14일 강릉에서 2018년 동계올림픽 개최 후보지에 대한 실사가 예정되어 있었다.

이 때 강릉에서 먼저 국민대합창을 하기로 하고 서울에서는 마지막 프리젠테이션을 대비해 자료로 사용 할 수 있게 5월 14일 개최하기로 결정하였다. 막상 일정을 결정하고 나니 걱정이 태산 같았다.

동네 공연도 아니고 전세계에 보여줄 공연이라 두려움이 물밀 듯 밀려왔다. 그러나 고향을 위하는 일이라면 무슨 일이든 못할 일이 없는 것 같은 자신감이 있었다.

하루하루가 어떻게 지나가는지 모를 정도로 예산을 확보하기 위해 바쁘게 지내던 중 IOC위원들의 현지 실사일인 2월 14일이 다가왔다.

나는 강릉에서의 국민대합창 하기 전날 강릉으로 갔다.

강원국민대합창의 이사장인 엄창섭교수님과 사무국장인 고광록변호사를 만나 서울에서의 준비상황 설명과 강릉의 최종리허설을 위해 미팅을 하였다.

14일 강릉의 아침.

우리는 2018명의 합창단을 맞으면서도 노심초사했다.

IOC위원들이 입장하자 합창단의 목소리가 연습 때와는 완전히 달라졌다. 눈에는 생기가 넘쳤으며 목소리에는 유치열망의 감정이 실려 빙상경기장에 울려퍼졌다. 말 그대로 감동이었다. IOC위원들이 감동하는 모습이 보였다. 어쩌면 우리보다 더 감동했을지 모른다. 대성공이었다. 매스컴에서도 극찬이 자자했다. 강릉에서의 국민대합창은 성공적으로 끝났지만 행사를 마치고 서울로 돌아오는 나의 마음은 무거웠다. 앞으로 치러야할 서울의 국민대합창이 걱정되었다.

지휘자 정명훈

다음날 서울 사무실에 나가니 분위기가 확 바뀌어 있었다.

강릉의 성공이 서울의 임원들에게 자신감을 준 것이다. 사무실
은 활기로 가득 찼다. 나는 긴급회의를 소집하여 서울에서 열릴 국
민대합창을 위해 최선을 다해 준비하자고 하였다. 그러고 사전 준
비행사로 5월 14일 이전에 재경강원인들에게 알릴 행사인 국민대
합창 후원음악회를 3월 14일 개최하기로 하고 후원음악회 준비에
들어갔다. 행사 당일날 2천석인 장천아트홀이 가득 찼다. 동계올림
픽 유치 열기를 다시 한 번 실감했을 뿐만 아니라 강원인의 힘이 느
껴졌다.

1차 준비행사가 성공적으로 끝나자 더욱 바빠졌다. 자신감에 탄

력이 붙자 이제부터는 고민을 접어두고 앞만 보고 달리자 결심하였다. 이제는 서울국민대합창에서 가장 중요한 지휘자 선정과 KBS와의 협의가 급선무였다. 세계인을 대상으로 하는 합창이었기에 세계적으로 알려진 지휘자를 선정하기로 하고 정명훈 지휘자를 수차례 만났지만 확답을 주지 않았다. 워낙 스케줄이 바쁜 정명훈 씨라 만나기도 쉽지 않았지만, 5월 14일 합창 예정일은 다가오는데 지휘자 결정이 안 되어 입안이 타 들어갔다. 몇 번을 협의하고 협의하여 4월 30일에서야 결정이 되었다.

우리는 정명훈씨의 유럽 인지도를 통해 IOC 위원들에게 어필해야 했기 때문에 꼭 그분이 필요했다. 정말 운이 좋았던 것은 정명훈 씨가 우리행사 날에만 공연이 안잡혀 있어 다행히 공연전날 국내에 들어와 공연을 무사히 마칠 수 있었다. 그리고 우리합창단의 지휘를 마치고 바로 또 다음날 스위스 공연을 위해 출국한 것이다. 일본과 스위스 사이에 우리 합창 일정을 잡을 수 있게 하늘이 도운 것이다.

더욱 안타까운 것은 정명훈씨가 스위스로 가는 비행기 안에서 어머니가 돌아가셨다. 그래서 정명훈씨는 스위스에 도착하자마자 다시 한국으로 돌아와야 했다. 만일 어머니가 하루 더 일찍 돌아가셨으면 우리 공연도 무산됐을 것이다.

세계를 감동시킨 강원도의 힘

강원도민들이 참여하자 행사준비는 탄력이 붙기 시작하였다.

우리는 먼저 이 행사를 전국민은 물론 세계인에게 알려야 한다는 취지에서 특파원들과 TV기자들에게 초청을 하고 자리도 맨 앞줄로 배치했다. 무대주변에는 한국관광공사에 협조해 외국인들이 대거 참여토록하고 IOC위원들의 국기를 제작해 주변에 게양했다. 그리고 외신기자용 보도자료 준비와 취재장소 제공 등으로 5월 18일 IOC총회 때 프리젠테이션 자료로 활용할 수 있도록 하자는 것과 대륙 간을 연결하기 위해서는 미국의 뉴욕에서도 합창을 불러야 한다는 것이었다.

이제부터는 책임 있게 일을 수행할 사람을 찾는 것이 급선무였다. 무보수봉사라 선정에 쉽지 않아 할 수 없이 도민회 간부들이 동원되었다.

최종찬 도민회장을 비롯해 물심양면으로 나서 인원을 동원하고 주차장확보, 도로통제, 안전사고 예방을 위한 준비가 하나씩 마무리되기 시작했다.

그러나 예상했던 것 이상으로 경비가 많이 소요되자 합창단에서 삐걱거리는 소리가 들리더니 임원진들도 마찬가지로 흔들리는 소리가 들렸다. 월드대합창이라는 대명제를 놓고 사사로운 개인문제가 도출되기 시작한 것이다.

나는 이 행사의 총괄이사로서 행사도 치루기 전 내부문제로 주저앉을 수 없다고 판단하고 문제 발생여지가 있는 사람들부터 한명씩 만나 이 공연은 희생과 배려가 있어야 성공을 할 수 있다고 설득하고 이해를 시켰다.

그러자 내부 문제가 무난히 해결되었다.

드디어 기다리던 5월 14일 아침. 나는 눈을 뜨자마자 사람들이 얼마나 모일지 걱정되어 아침밥도 먹는 둥 마는 둥 하며 서둘러 서울시청 광장으로 달려갔다.

그런데 나의 눈을 의심할 만한 사건이 벌어졌다. 아직 공연을 시작하려면 7시간 이상 기다려야 하는데도 점심시간도 안 되어 이미 광장은 인산인해를 이루었다.

서울시청 앞 광장으로 인파들이 모여들기 시작한 것이다. 오후 7시30분이 되자 시청광장에 1만5천여명의 관람객이 운집한 가운

데 세계에서 유래를 찾아 볼 수 없는 국민대합창이 시작된 것이다.

그리고 위성으로 연결하여 평창에 5천여명, 뉴욕에 150여 명의 대합창이 방송을 통해 세계 각국으로 울려 퍼져나갔다. 외신 기자들이 본국으로 강원도의 힘을 재빠르게 속보로 타전한 세계를 감동시킨 대 사건이었다.

2018 동시모 결성

강릉시민 100여명과 더불어 올림픽이 열리고 있는 더반으로 향했다.

2018년 올림픽이 평창으로 결정났다.

우리들은 가벼운 마음으로 귀국한 후 한동안 자주 모임을 갖게 되었다. 그런데 모여서 자꾸 더반 갔다 온 무용담 이야기만 하는 것이었다. 그래서 내가 "여기에 계신 분들은 아프리카까지 갔다 올 정도로 가장 열정적인 강원도 시민들인데 어렵게 동계올림픽을 유치했으면 그것을 가지고 지역을 발전시켜야 하는데 왜 미래 발전적인 이야기는 안 하십니까?"

그러자 "그럼 어떻게 해야 합니까?" 라고 물었다.

"우리가 잔칫날 받아놓은 거나 마찬가지 아닙니까. 잔칫날 받아놓으면 집도 청소하고 때깔도 바꾸고, 거리도 청소하고 그러지 않냐. 그런 개념으로 가야 합니다." 하니 박수치고 좋다고 했다.

그리고서 그들 앞에 나는 사업계획서를 만들어 발표를 했다. 내용은 법인을 만들어 민간 차원에서 준비해야지 관에만 맡겨서는 안 되니 법인을 설립하자고 하자 곧바로 찬성하여 만든 법인이 2018동시모였다. (원래는 '2018 평창 동계올림픽의 성공과 강릉시 발전을 위한 시민들의 모임' 의 줄임말인데 여기에서 평창이라는 말을 동계올림픽특별법에 의해 못 쓰게 돼 있다. 그래서 평창이란 이름만 빼게 됐다.)

2018 동시모는 '2018 평창동계올림픽' 을 계기로 강릉시를 명품 관광 도시로 만들어서 향후에 강릉을 좀 더 잘살기 좋은 도시로 만들자는 시민운동 조직이다.

평창동계올림픽조직위원회와 강릉시는 경기 운영 전반에 관한 업무에 집중하기 때문에 동계올림픽을 계기로 시민들의 삶을 어떻게 향상시킬 수 있을 것인가? 까지는 신경을 쓰기 힘든 현실이다. 그래서 이 기회를 살리려면 시민들 스스로가 나서서 '내가 강릉시를 위해 무엇을 할 것인가? 고민하는 것이 필요하지 않나 싶어서 제안을 하였다. 그 제안이 오히려 나에게 이사장직을 떠맡겨 짐이 무거워 졌다. 그러나 고향 강릉을 위한다는 사명감에서 나는 흔쾌히 수락하였다.

이 동시모는 '2018 평창동계올림픽' 때 전세계에서 온 사람들이 강릉이라는 도시는 참 아름답고 서비스도 좋으며 볼거리가 많다고 느끼게 만들고 시민 스스로 올림픽을 통하여 강릉을 홍보하려는 자발적 모임인 것이다.

이 법인 설립을 위해 이사를 구성하여 이사들에게 100만원씩 출자 받아, 기본자산 2천만원으로 사무실 보증금과 캠페인 등 초창기 행사하는데 지출하였다.

지금은 회원이 400여 명으로 회비 내는 회원은 200여 명 있다. 자발적으로 회원들이 참여하여 운영하는 단체로 여수엑스포 사무처장 초청강연을 했다.

여수 사무처장이 강연이 끝나자 회원이 몇 명이냐고 물어서 400여 명의 회원에 회비를 적극적으로 내는 회원수가 200여 명이라고 하자 놀라는 표정을 지었다. 여수엑스포박람회는 180여 명의 회원이 가입되어 있다며 여수 30만명 보다 시민이 적은 22만명의 강릉이 더 많은 회원을 확보하였다는 사실에 무척 부러워하는 것 같았다.

제2장

생각

지식인의 현실참여

지식인은 누구인가

지식인은 많이 배우거나 공부한 사람 또는 진리탐구를 자신의 직업으로 하는 사람을 의미한다. 조선시대로 말한다면 선비와 유사한 개념이다. 선비란 학식이 있고 행동과 예절이 바르며 의리와 원칙을 지키고 관직과 재물을 탐내지 않는 고결한 인품을 가진 사람을 말한다.

지식인이라 부르던 선비라 부르던 이들의 본분은 과거를 성찰하고 현재를 분석하며 이를 바탕으로 미래를 전망하는 것, 시대정신의 탐구라고 볼 수 있다.

우리 역사에서 본 지식인의 현실참여

우리 역사에서 시대적 상황이 혼돈스러울 때 지식인의 선택은 두 가지로 나눌 수 있다. 하나는 적극적 참여를 통해 그 상황을 변화시기는 것이며, 다른 하나는 그 상황에서 물러나 학문적 연구에 전념하는 것이다. 정도전과 율곡 이이가 전자를 선택하였다면 퇴계 이황은 후자를 선택하였다고 볼 수 있다.

퇴계는 올바른 통치를 위하여 먼저 올바른 학문을 세우고 이를 실천할 제자를 양성하는 것이 시대적 소명이라 판단하였고 이를 실천하였다.

반면 삼봉 정도전은 쇠락과 혼돈을 거듭하는 고려사회를 개혁하고자 성리학을 토대로 한 조선왕조건설을 꿈꾸면서 재상이 정치, 경제, 군사 등 모든 통치의 실권을 가져야 한다고 주장, 재상을 중심으로 권력과 직무를 분담하는 합리적 관료지배 체제를 구상하고 이러한 통치는 백성들의 삶을 위해 기능해야 한다는 민본주의를 추구하였다.

율곡은 자신이 살고 있던 사회가 쇠락의 길로 가고 있으므로 일대 개혁이 필요한 시기로 판단하여 출사하여 개혁의 청사진을 제시하는 한편 분열의 기미를 보이는 사람을 통합하려는 노력을 하였다. 그의 생각은 민생개혁과 복지국가를 통한 사회통합을 역설하는 아래와 같은 글에 나타난다.

"지금은 억만 백성이 물 새는 배에 타고 있으므로 그것을 구할 책임이 우리들에게 있습니다. 그래서 저는 차마 벼슬을 버리고 떠나지 못하는 것입니다." - 이이가 구봉 송익필에게 보낸 간찰 -

"늙은 이는 종신할 곳이 있고, 젊은이는 쓰일 곳이 있으며, 어린 이는 자랄 곳이 있고, 홀아비와 과부, 고아와 자식 없는 사람, 병든 자와 불구자도 모두 부양될 곳이 있어야 한다. 이를 대동이라 한다." - 성학집요 -

정치와 지식인의 역할

정치는 국민의 물질적, 정신적 생활을 풍요롭게 하기 위하여 국민들의 삶에 대한 정확한 현실분석과 이를 토대로 미래를 제도적으로 설계하는 일이고, 정치가는 이를 실천하는 사람들이다. 국가와 권력, 그리고 정치는 무엇을 위하여 존재하는가. 그 중심에는 국민이 있다. 국민의 행복한 삶을 위하여 국가와 정치제도 및 이를 실행하는 정치인이 존재하며, 이를 만드는 주인공 또한 국민이다.

그럼에도 우리의 현실은 '정치'라는 말은 분열과 갈등의 상징으로 인식되어 있다. 그래서 많은 지식인들은 비판적 시각을 고수하면서 현실참여를 주저하고 있다. 그러나 비판적 시각만으로 이 사회는 미래를 향하여 앞으로 나아가지 못한다.

우리시대의 사회학자로서 대표적 지식인인 김호기 교수는 다음과 같이 말한다.

"진정한 지식인이라면 우리의 과거와 현실에 대한 비판적 성찰을 통해 새로운 미래를 위한 가치를 만들고 그 프로그램을 구체화하는 데 최선을 다해야 할 것이다. 이를 위해서는 첫째, 생산적이 자기부정, 즉 자기 사회의 문제를 비판적으로 분석해야 하고, 둘째, 더 나은 삶으로 진화하기 위해 개인과 사회가 어떻게 변화해야 하는가에 대한 새로운 대안과 비전을 치열하게 모색해야 하며, 셋째, 더 나은 미래로 나아가기 위해서 불가피한 개혁과 혁신의 프로그램들을 구체화하여야 한다."

새로운 실험을 시작하는 아침에

오늘 우리사회는 국민들의 풍요로운 삶과는 거리가 먼 이념과 지역을 토대로 한 소모적 갈등만 재생산하고 있을 뿐 건전한 비판과 대안제시를 통하여 생산적이며 상생하는 의사결정 시스템을 갖추지 못하고 있다. 또한 국민이 공감할 수 있는 비전을 제시하고 그 실천을 위한 국민의 열정을 불러일으키는 포용과 통합의 리더를 만들어내지 못하였다.

그 동안 치열한 글로벌 경쟁시대에 경제는 앞서가고 있음에도 정치는 뒤처져 발목을 잡는 이 사회에 대하여, 또 지방자치단체간의 치열한 생존경쟁에서 나날이 뒤처지고 있는 지역의 현실에 대하여 비판적 시각으로 대안을 고민했던 한 사람으로서 이제 현실참여의 필요성을 절감하고 있다. 국민을 위한 개혁과 혁신을 부르

짖으며 현실참여를 선언하였음에도 어느 날 그렇고 그렇게 변한 수 많은 사람들을 보면서 나 또한 그들의 전철을 밟을 수 있다는 두려움과, 나만은 양심과 진정성을 지키며 살겠다는 이기적 사고로 지내 온 지난 날을 반성하면서 사고의 무장해제를 하고자 한다. '행동하는 사람만이 이 사회를 바꿀 수 있다' 고 스스로 다짐하는 이 아침에, 23년간 총리로 재직하면서 가난과 분열로 얼룩진 스웨덴을 세계에서 국민행복지수가 두 번째로 높은 선진복지국가로 만든 타게 에를란데르(Tage Erlander)가 총리가 되던 날 밤 잠 못 이루며 적은 아래와 같은 글을 다시 읽어본다.

"나는 총리가 될 만한 재목이 못 되는 사람이다. 하지만 젊은 나를 지지해 준 동지, 그리고 나를 후원해주는 국민을 위해 희생하라는 명령을 거부할 수 없었다. 너는 정치인으로서 국민과 국가를 위해 희생할 각오가 되어 있는가?"

가정을 경영하라

언젠가 신문에 '남편들이여, 오래 살려면 부인을 잘 모셔라' 라는 기사가 실렸었다. 그 요지는 배우자 있는 사람이 독신자보다 오래 산다는 사실이 우리나라 2005년 인구센서스에서 입증되었고 사회학적으로도 근거가 있다는 것이다. 특히 나이든 남자의 경우 더 그러하므로 오래 살고 싶은 남자는 부인을 잘 모셔 해로하라는 이야기였다.

오래 살고 짧게 살고를 떠나 가정은 우리 삶의 뿌리요 열매요 몸체라 할 수 있다. 가족들은 사회의 최소 조직인 가정에서 육체적 정신적 성장을 하기도 하고 파탄으로 아픔을 겪기도 하므로 가정도 기업과 마찬가지로 관리하고 성장시켜야 할 대상임에 틀림없다. 각자의 역할과 협력을 위한 인사 내지 조직관리, 수입과 지출을 적정하게 하는 회계 내지 재무관리는 필수적인 것이다. 그럼에도 우리는 가정보다는 직장일이나 친구에게 더 신경을 쓰는 사람들을 많이 볼 수 있다. 가정의 달 5월을 맞아 내가 업무에 열중하는 정도의 절반이라도 가정을 위해 애쓰고 있는지 되돌아 볼 필요가 있다.

건강하고 행복한 가정을 만들기 위하여 필자가 실천하고 있거나 구상하고 있는 방안들을 간단히 소개하고자 한다.

○ 눈 감고 살기 : 결혼하기 전에는 눈을 크게 뜨고 결혼한 후에는 눈을 반쯤 감으라는 벤자민플랭클린의 말을 명심한다. 나와 다른 환경에서 자란 사람이 나와 같은 생각과 행동을 할 수 없음은 내가 항상 그와 같은 생각과 행동을 할 수 없는 이유와 다름 아니다.

○ 대화 나누기 : 대화단절은 가정의 위기이므로 식탁이나 잠자리에 들기 전 또는 아침에 일어나 대화를 나눈다. 가족애가 남다른 어느 분은 가족이 모두 등교나 출근시간이 달라도 아침은 무조건 함께 먹으며 어제의 이야기와 오늘 할 일에 대해 대화를 나눈다고 한다. 매주 또는 매달 정기적인 가족회의를 하는 방법도 좋다.

○ 칭찬하기 : 칭찬은 고래도 춤추게 한다고 하지 않았는가. 책망 보다는 잘한 일을 칭찬하고 격려한다. 특히 가족이 실수하였을 때 감정표현을 자제하고 위로의 말을 건넨다면 가족애는 더욱 깊어 질 것이다.

○ 애칭부르기 : 가족들마다 애칭을 만들어 서로 부르면 부를 때마다 정감이 묻어난다. 애칭은 가급적 귀엽거나 사랑스런 이미지를 연상하는 것이 좋다.

○ 스킨쉽 : 출근하거나 귀가할 때 포옹을 한다. 이때 출근할 때 "나 보고 싶더라도 퇴근할 때까지 참아줘!", 퇴근할 때는 "당신 보고 싶었어!"라고 하면 금상첨화일 것이다. 잠자리에 들거나 잠에서 깨었을 때 피곤한 가족을 위해 스포츠 맛사지를 해 주는 것도 좋은 방법이다. 스포츠 맛사지는 몇 번만 받아 보면 쉽게 배울 수 있다. 정성을 다해 가족의 굳은 목과 척추, 발을 맛사지하면 사랑이 온몸으로 퍼져나가 행복에 빠져버릴 것이다.

○ 적극적 애정 표현 : 적어도 하루에 한 번 이상 말이나 행동으로 상대방에 대한 관심 내지 사랑을 표현하고, 생일이나 기념일을 챙김은 기본이고 이따금 꽃이나 의외의 선물을 한다. 휴대폰 문자 메시지도 좋은 선물이다. 이때 메시지 끝에 ♥를 붙이는 것도 잊지 말자.

행복한 부부가 되는 길

나의 배우자는 누구인가?

나와 함께 살면 내 인생이 행복해지리라 믿었던, 내가 너무나 사랑했던 사람이지요.

지금도 그 믿음, 그 사랑에 변함이 없나요?

이 질문에 서슴없이 그렇다고 대답할 수 있는 사람이 과연 몇 사람이나 될까요?

아마 대부분의 사람들은 조금 생각해보고 마지못해 그렇다고 대답하거나(아니라고 하기에도 그렇고 별 대안도 없으니까) 변함이 있다고 답변할 것입니다.

그러면 그 믿음 그 사랑이 변한 이유가 무엇일까요?

그에 대하여, 내가 사람을 잘못 보았다. 심하게 말하면 당시 눈에 뭐가 씌었지 내가 왜 그랬었는지 모르겠다는 극단적인 대답, 당시는 좋은 사람이었는데 세상을 살다보니 사람이 변했다는 대답, 나의 마음이 변한 탓이라는 대답 등 많은 답이 나올 수 있을 것입니다.

각자의 대답에는 나름대로 이유가 있고 어느 정도는 맞는 말일 수도 있습니다.

그러나 나는 그 근본적 이유는 배우자 내지 가정의 개념에 대한 이해부족에 있다고 봅니다.

가정이 무엇입니까?

남자와 여자가 서로 사랑하여 평생 함께 살면 행복할 것이라 믿고 배우자란 관계를 맺음으로써 만든 공동체입니다.

그런데 그 주체는 적어도 20년 많게는 30년 이상 다른 부모 아래에서 태어나 다른 환경에서 자란 사람입니다. 그렇기에 각자 생긴 것이 다르듯이 생각도 다르게 마련입니다. 생각이 다른 사람이 함께 살려면 어떻게 해야 하겠습니까?

먼저 상대방이 나와 다를 수 있다는 현실을 인정해야 합니다.

내가 상대방이 나와 같이 생각하고 행동해 주기를 바라는 것처럼 상대방도 내가 자신의 생각과 행동을 따라 주기를 바라고 있습니다. 그럼에도 상대방이 나와 똑 같이 생각하고 행동해 주기는 바란다면 너무 순진하거나 어리석은 사람입니다. 한 몸에서 태어난 형제간에도 심지어 어머니와 자식 간에도 생각이나 행동이 다릅니다. 그런데 다른 부모에게서 나고 다른 환경에서 자란 사람들이 어떻게 같은 생각을 하고 같은 행동을 할 수 있겠습니까!

다음으로, 배우자를 이해하고 공동의 삶을 엮어 갈 틀을 만들어야 합니다.

배우자가 나와 달리 생각하고 행동하는 데는 나름대로의 이유가 있을 것입니다. 그 이유가 비록 잘못된 심성 탓이라 하더라도 이는 잘못된 환경에서 비롯된 것이므로 진실로 그를 사랑한다면 이를 이해하고 그의 심성이 바뀔 수 있도록 아니 조금이라도 이를 보완할 수 있는 방법이 무엇인가를 찾아보고 그와 같은 상황에서 공생의 틀을 짜야할 것입니다.

마지막으로 행복한 가정을 위해서는 끝없는 노력이 필요합니다.

가정에서 키우는 화초도 끊임없는 정성으로 돌보아야 제대로 자랍니다. 가전제품도 잘 관리하고 필요하면 애프터서비스를 받아야 제 기능을 발휘합니다. 하물며 사고와 행동의 자유를 가진 한 인간이 다른 인간과 조화를 이루기 위하여는 지속적이고 진취적인 노력이 필요합니다.

배우자의 장점을 발견하기 위해 노력해야 합니다. 누구나 단점과 장점이 있습니다만 단점을 부각시키면 부부 사이가 악화되고 장점을 부각시키면 부부 사이가 좋아지면서 단점은 줄어듭니다. 배우자의 장점이 무엇인지 그리고 이를 살릴 수 있는 방안은 무엇인지를 생각하여 실천하십시오. 부부 사이에 불화가 있을 때는 상대방은 좋은 사람이라고 되뇌이면서 좋았던 시간을 돌이켜 보십시오.

서로 칭찬합시다.
칭찬은 고래도 춤추게 한다고 하지 않습니까. 누구나 자신의 장점을 알아주고 칭찬해 주는 사람을 좋아합니다. 잘 한 일이 있을 때는 그때마다 전폭적으로 신뢰를 보내고 칭찬하여 줍시다. 아내에게 "당신은 너무 예뻐" "당신 같이 좋은 사람은 없어"라는 말 한마디에 불편한 관계는 눈 녹듯이 사라지고 행복의 연기가 피어오릅니다.

수시로 사랑의 마음을 표현합시다.
너무 점잖은 부부관계는 활력이 없습니다. 처음엔 눈만 봐도 상대방이 나를 사랑하는지를 알지만 어느덧 부부로 살다보면 눈도 쳐다보지 않거나 타성에 젖어 - 방을 같이 쓰는 하숙생 같이 - 그냥 하루하루를 같이 살아갈 뿐인 경우가 많습니다. 표현하지 않으면 알 수 없고 표현하지 않으면 느낌이 오지 않습니다. 적어도 하루에 한 번은 배우자에게 사랑하는 마음을 표현합시다. 출근하는 남편에게 달려가 뽀뽀를 해 주며 오늘 하루 파이팅을 외치며 맛있는 저녁식사를 해 놓고 기다리겠다는 여자, 집을 나서며 아내에게 즐거운 하루를 보내라며 안아주는 가슴 넓은 남자 얼마나 좋습니까! 배우자와 두 눈을 맞대고 "당신은 존재 자체가 나에겐 유혹이야" "당신이 있어 나는 행복해"라고 속삭여 보십시오. 당신과 배우자가 행복해 질 것입니다. 너무 낯 간지럽다고 느끼시는 분은 전화나 이메일, 문자메시지를 이용하면 됩니다.

배우자가 좋아하는 것이 무엇인지를 파악하여 이를 충족시킴으로써 기쁨을 준다. 배우자가 기쁘면 나도 기쁘고 그 기쁨이 내게 돌아온다. 책읽기를 좋아하는 남편을 위하여 좋은 책을 선물한다던지 매일매일 식사준비로 스트레스를 받는 아내를 위해 남편이 요리를 하거나 설거지를 도와주고 때로는 외식을 하는 것도 좋습니다.

배우자와 자주 공감대를 형성해야 한다. 이를 위해서는 취미생활을 같이하는 것이 좋다.

함께 배드민턴, 테니스, 볼링, 골프, 등산 등 운동을 하거나 운동장에서 경기관람을 한다. 그밖에 영화감상, 여행, 낚시 무엇이라도 좋다.

배우자에게 나날이 새로운 모습을 보여라. 결혼은 사랑의 완결이 아니라 새로운 사랑의 시작이다. 통상 결혼 전에는 상대방에게 어떻게 하면 호감을 얻을 수 있을까 하여 평소 안 하던 짓을 하기도 하는데 결혼하면 상대방은 이미 자기 것이라 생각하고 더 이상 좋은 모습 보이기를 게을리 합니다. 여기서 문제가 생깁니다. 맛있는 음식도 여러 번 먹으면 실제 맛은 똑 같은데 더 이상 맛있어 보이지 않습니다. 부부 사이에서도 끊임없이 나의 새로운 매력을 창조하고 가꾸어 나가야 합니다. 스스로 배우자가 느끼는 나의 단점이 무엇인가를 파악하여 이를 고쳐 나가는 것도 아주 좋은 방법입니다.

세계적으로 유명한 명상가이자 정신적 스승 중의 한 사람인 틱 낫한 스님은 "행복의 조건들이 가까이 있기 때문에 여러분은 기다릴 필요가 없습니다. 불교 신자가 될 필요도 없습니다. 여러분을 행복하게 할 조건은 아주 많습니다. 여러분이 눈을 열고, 귀를 열고, 몸을 열고, 마음을 열면 모든 행복의 조건이 당신의 손에 닿습니다"라고 말했습니다. 여러분 모두 눈과 귀와 마음을 활짝 열고 배우자와 세상을 보고 살아가시기 바랍니다. 지금 바로 여러분은 행복해 질 수 있습니다.

디자인의 나라 프랑스

파리 도심은 6층 이하의 건물들이 방사형으로 줄지어 있어 도시가 통일감을 갖고 있으면서도 건물로 하나가 아름다운 디자인과 꽃으로 장식되어 가히 도시 자체가 예술이라 할 수 있다. 신도시인 라데팡스도 독특한 디자인의 건물들이 즐비하여 구경거리를 선사하고 있다.

흔히 파리를 예술의 도시라 일컫는데 이는 파리에 루브르박물관, 오르세미술관, 로댕미술관 등 미술관이 많기 때문이기도 하지만 도시를 구성하고 있는 건물들은 물론 거리와 교통수단마저도 아름답게 디자인되어 있기 때문일 것이다.

파리 한복판에 있는 뤽상부르공원에 가면 화단에 심어진 꽃들도 비슷한 색조로 입체적으로 구성되어 있어 심미감을 더해 준다. 파리에서 출발하는 교외선 열차는 차량 외부는 물론 내부의 시트와 천정까지도 베네통 스타일의 강렬한 디자인하여 열차를 타는 것만으로도 유쾌한 기분이 든다. 거리에 설치된 쓰레기통도 화려한 원색으로 디자인되어 있고, 생활용품들마저도 동물을 본뜬 모양이나 특이한 색상으로 눈길을 사로잡는다. 2018년 평창동계올림픽 전에 개통될 서울~강릉 고속철도도 이왕이면 아름다운 디자인으로 이용객들에게 시각적인 기쁨을 주었으면 좋겠다.

영국도 최근 타계한 대처 총리 시절부터 "디자인하지 않으면 사직하라!"(Design or Resign!)를 외치면서 아름다운 도시 만들기 정책을 수행하고 있다. 서울특별시도 오세훈 시장 시절부터 "디자인 서울"을 외치며 공공건물은 물론 도시 곳곳을 아름답게 가꾸는 시책을 실행에 옮기고 있으며, 지난해에는 거리 꽃 가꾸기 사업에 300억 원이 넘는 예산을 썼다. 2018년 동계올림픽 개최지인 강릉도 진정 아름다운 관광도시가 되려면 앞으로 공공시설물은 물론 주택이나 건물도 둥글거나 사면으로 설계하고 심미감을 주는 색조를 띄게 함은 물론 시민들의 일상생활 속에 디자인 개념이 스며들어야 할 것이다.

예술인 마을 바르비종

바르비종은 화가 장 프랑수와 밀레가 살던 곳으로 지금도 30여 명의 화가가 살고 있는 예술인마을이다. 밀레가 살던 크지 않은 주택에는 밀레의 작품과 스케치, 유품 등이 전시되어 있다. 거리 곳곳에는 타일로 만든 밀레의 "만종" "이삭줍기" 등 화가들의 그림이 담벼락에 전시되어 있고 꽃으로 장식된 아뜨리에, 그림 판매장과 카페들이 있다. 영업을 하는 카페는 어김없이 아름다운 화분과 독특한 디자인의 간판으로 관광객들의 눈길을 사로잡는다. 관광객들은 잘 가꾸어진 마을길을 걸으면서 아름다움과 평화로움을 체험할 수 있고, 그림 판매장에 들러 작품들을 감상하거나 구매를 할 수 있다. 필자가 방문했을 때 그림 한 점을 사가지고 자신의 차량이 있는 곳으로 걸어가는 나이 지긋한 관광객의 얼굴에는 꽃보다 아름다운 미소가 피어 있는 것을 볼 수 있었다. 바르비종은 거장 밀레가 살았으므로 미술마을이 되었음을 부인할 수 없지만 보다 중요한 것은 밀레와 같은 화가들이 들어와 살면서 작품활동을 할 수 있도록 마을을 아름답게 가꾸고 그들의 작품을 거리 곳곳에 전시하고 판매를 할 수 있는 토양을 만든 주민들의 노력이 밑거름이 되었다고 생각된다. 특별한 자연경관을 갖지도 아니한 평범한 마을이 화가를 불러들이고 미술품을 전시하고 거리를 가꿈으로써 관광지로 탈바꿈한 것이다. 바르비종에 비하면 강릉은 사계절 푸른 소나무에서 솔향기가 피어나고 아름다운 호수와 푸른 바다, 그리고 눈덮힌 대관령을 볼 수 있으므로 천혜의 자연환경을 가지고 있다. 또한 강릉

거리 곳곳에 명화가 걸려 있다.

에는 미술대학 교수들을 비롯하여 많은 지역 작가들이 있고 이름 있는 출향 작가들도 적지 아니하다. 초당이나 경포에 이 분들이 모여 예술인촌을 만들고 작품활동을 한다면 강릉의 새로운 관광자원이 될 것이다. 조상으로부터 물려받은 원석을 다듬고 엮어서 고귀한 보석으로 만드는 것은 우리 시민들의 몫이다.

관광객이 아뜰리에에서 작품을 사가지고 간다.

아름다운 빠리의 오베르쉬르우아즈

오베르 쉬르 우아즈는 빠리 북부역에서 베네통 칼라의 교외선 열차를 타고 북서쪽으로 한 시간 남짓 가면 만나는 조그만 마을이다. 이곳은 인상파 화가 빈센트 반 고흐가 마지막 70일을 보내며 그곳 풍경을 그린 80여 점의 작품을 남기고 마을 공동묘지에 잠들어 있는 곳으로 알려져 관광지가 된 곳이다. 이곳을 찾는 사람들은 고흐가 머물던 조그만 여관은 물론 고흐 그림의 소재가 된 교회, 보리밭 등과 고흐가 잠들어 있는 공동묘지까지 둘러본다. 고흐의 그림 소재가 된 마을 곳곳에는 안내 표지판이 서있고 관광객들은 그림에서 보던 그곳의 실제 풍경을 둘러보며 사진을 찍는다.

그런데 이 마을을 둘러보면서 느낀 것은 그토록 조그만 동네가

주택 담장과 베란다에 꽃화분으로 화려하게 장식하였다.

지금도 관광객의 발걸음이 끊이지 않는 관광지가 된 이유는 단순히 고흥의 추억 때문만은 아니라는 것이다. 마을을 구성하고 있는 주택과 주택 사이에 난 마을길은 한 폭의 수채화같이 아름답다. 대부분 화려하지 않은 평범한 주택들임에도 집집마다 어김없이 마당과 담장 아래에 꽃나무와 화초를 가꾸고 화분을 놓아 지나가는 이들의 눈길을 사로잡는다. 그리고 이러한 주택들 사이의 마을길을 걷는 관광객들은 눈에는 보는 즐거움을, 가슴에는 편안한 행복감을 느낄 수 있다. 이곳을 걸으면서 고흐가 이곳을 찾아 열정적인 작품활동을 한 이유와 고흐가 없는 지금도 수 많은 관광객이 이곳을

마당에는 꽃이 가득 실린 마차도 있다.
이 집에 사는 사람은 얼마가 아름답고 행복할까.

찾는 이유를 알 것 같았다. 마을 주민들이 자신의 집과 거리를 나무
와 화초로 장식함으로써 아름다운 마을을 만들었고, 이 마을에 살
던 의사 가세가 화가 고흐를 초대함으로써 그곳은 세계인들이 찾
는 관광지가 된 것이다.

　가까이 동해의 푸른 바다, 아름다운 경포호수와 울창한 소나무
숲, 그리고 신사임당과 허균, 허난설헌의 예술혼이 배어있는 우리
강릉은 오베르 쉬르 우아즈보다 멋진 풍광과 역사를 자랑하는 곳
이다. 초당마을을 비롯하여 강릉시 전역에서 우리 시민들이 자신
의 집과 마을을 나무와 꽃으로 아름답게 장식한다면 강릉은 동양

의 오베르 쉬르 우아즈가 될 수 있다. 관광소재는 자연자원과 조상이 물려준 문화유산만이 아니라 우리가 만들어 가는 것이다.

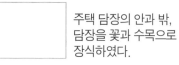

주택 담장의 안과 밖,
담장을 꽃과 수목으로
장식하였다.

낡은 집이지만 출입구를 장미꽃으로 장
식하였다. 이곳을 드나드는 사람의 아름
다운 마음씨와 밝은 표정을 보는 듯하다.

평범한 주택의 대문에도 장미꽃으로 포인트를
주었다.

개방형 담장과 대문 안에는 꽃을,
건물에는 꽃피는 넝쿨나무를 심었다.

예술의 섬 나오시마

　나오시마는 일본 세토내해에 위치한 작은 섬이다. 이곳은 제련소가 들어서면서 많은 인구가 유입되었으나 제련소가 폐업하자 나날이 인구가 줄어들고 버려진 산업폐기물로 얼룩지게 되었다. 그러자 건축가 안도 타다오와 미술가들의 도움을 받아 섬 곳곳에 조각품을 설치하고 미술관을 만드는 등 "아트프로젝트"를 시행하고, 쇠퇴 일로에 있던 마을의 버려진 주택에는 미술품을 전시하고 골목길에는 벽화를 그리거나 아름다운 꽃과 화분으로 장식하는 "이에프로젝트"를 실시함으로써 섬 전체에 예술의 옷을 입혔다. 그 결과 나오시마는 버려진 섬에서 보물의 섬으로 탈바꿈하게 되었다. 현 내에서 가장 주민소득이 높은 곳이 되었음은 물론이다. 문화예

나오시마의 상징물인 야요이 쿠사마의 노란 호박. 베네세 하우스 앞 바닷가에 설치되어 있다.

술이 지역 경제를 살린 것이다.

또한 나오시마는 세계적으로 도시재생사업의 성공작이란 평가를 받고 있으며, 각국에서 이를 벤치마킹하고자 견학을 온다고 한다. 필자가 방문한 지난 11월 2일에는 축제기간이라 수 많은 관광객들이 주택가 골목길을 누비고 있었고, 빛의 예술가 제임스 터렐과 끌로드 모네의 작품을 전시한 지중미술관과 한국인 화가 이우환 미술관, 베네세 하우스 등에는 길게 줄을 서 있는 관광객들의 모습을 볼 수 있었다. 바닷가 방파제에 설치된 야요이 쿠사마의 작품 "호박" 근처에는 수 많은 관광객들이 사진을 찍느라 여념이 없었다.

나오시마와 같이 주민들이 지역 곳곳에 예술의 옷을 입히는 "마

주택마다 외벽을 그림과 화분으로 장식하였다.

을만들기(마치즈쿠리) 사업"을 실시하여 성공한 지역으로 일본의
유후인과 나카하마가 있다. 유후인은 인구 12,000명 정도의 마을인
데 연간 400만 명의 관광객이 찾고 있고, 나카하마는 폐허가 된 중
심시가지를 미술의 옷을 입혀 연간 2천만 명의 관광객이 찾는 관광
명소로 탈바꿈 하였다.

　나오시마와 같이 바다를 접하고 있으면서 관광도시를 지향하고
있는 강릉도 "아트프로젝트"를 시행하여 정동진 가는 길에 있는
"하슬라 아트월드"에 이어서 제2, 제3의 아트월드가 계속 들어서
고, 구 도심에는 미술의 옷을 입히고 음악의 향기가 나는 "도심활
성화 프로젝트 '를 실시하기를 기대하여 본다. 관광도시는 주어지
는 것이 아니라 우리가 만드는 것이다.

특이한 디자인의 목욕탕을 구경하는 수 많은 관광객들.

부둣가에 설치된 야요이 쿠사마의 붉은 호박.
사람들이 드나들 수 있다.

누가 훌륭한 리더인가?

모든 일은 사람이 한다

　전기, 전화기, 컴퓨터와 같이 우리 인류의 삶에 혁신적 변화를 가져온 위대한 발명은 에디슨처럼 도전적이고 창의적인 사람들이 해냈다. 오늘날 세계적 대기업으로 성장한 삼성전자도 반도체 생산기계나 휴대전화 생산기계가 만든 것이 아니라 그 기계를 만들고 제품을 판매하는 사람이 만든 것이다. 결국 모든 일은 사람이 하고, 일을 하려면 사람을 움직여야 한다.

사람은 비전을 가져야 움직인다

사람은 무엇으로 움직이는가? 배와 자동차는 모두 목적지를 향하여 움직인다. 하물며 사람이 목적 없이 움직일 수 있겠는가. 미국의 보험판매왕 폴 마이어는 실적이 낮은 직원들에게 각자 책상머리에 꿈을 써 붙여놓게 한 것만으로도 18개월 만에 1200%의 실적 성장을 가져왔다고 한다.

'같은 말을 2만 번 이상 하면 현실이 된다' 는 인디언 속담과 같이 사람이나 조직은 목표의식, 비전을 가져야 움직인다. 그리고 그 비전은 단순한 이익보다는 누구나 공감할 수 있는 가치를 가져야 구성원들로 하여금 지속적인 의지력과 실행력, 즉 열정을 불러올 수 있다.

구성원들에게 비전을 심어주고 열정을 불러일으켜야 리더이다

오늘날의 삼성전자가 있도록 이끌어 온 이건희 회장은 반도체 전문가도 휴대전화 전문가도 아니다. 그는 1993년 6월 불량 세탁기를 보고 삼성제품의 현 주소를 파악한 다음 경영진을 모아 놓고 '마누라와 자식 빼고 다 바꾸라' 고 주문했다. 소위 '신경영선언' 을 하면서 품질 위주의 경영을 통하여 세계 초일류기업으로 나가자고 독려한 것이다.

그 이후 나부터 변해야 한다면서 '품질을 위해서는 라인도 세워라' 는 지시를 하기도 하고, 휴대폰을 모아 화형식을 하기도 했으며, 7시에 출근하여 4시에 퇴근하는 7.4제를 실시하여 퇴근 후 자기계발을 하도록 함으로써 직원들의 삶의 모습에도 변화를 가져오도록 하였다. 리더는 팔로어들에게 목표와 가치를 제시하고 팔로어들의 열정과 창의력을 이끌어낸다.

소통하는 리더가 성공한다

조직원들 상호간은 물론 상하간에도 소통이 이루어지지 않으면 일의 효율이 떨어지고 오해가 생기며 갈등을 가져오기도 한다. 어느 경제연구소에서 성공한 CEO 500여 명을 상대로 'CEO가 되는 과정에서 가장 결정적 지능은 무엇인가? 라는 질문을 했는데 '대인지능' 이라는 답이 1위를 차지했다고 한다. 이는 남을 잘 이해하며 쉽게 교류할 수 있는 사람이 리더가 된다는 것을 보여준다.

소통은 입이 아니라 귀로 한다. 탁월한 리더들은 말을 아끼는 대신 귀를 기울이고 질문을 많이 한다. 입은 하나, 귀는 두 개다. 남의 이야기 도중에 끼어들지 말고 자주 맞장구를 쳐야 소통이 쉽게 이루어진다. 경영자들이 말하는 현장경영도 현장에서 직원들과 스킨십을 하면서 경청하는 자세에서 비롯된다.

긍정적 메시지가 성공을 부른다

프로이드 어머니는 아들에게 "너는 장차 위대한 인물이 될 것이다"라는 믿음을 심어줌으로써 프로이트로 하여금 세계적 정신분석학자로 성장케 하였다. 주의력결핍장애로 초등학교를 3개월 만에 중퇴한 에디슨을 위대한 발명가로 만들어준 것은 '너는 틀림없이 다음에 위대한 일을 할 거란다'는 말을 반복해서 들려줬던 어머니의 노력 덕분이었다. 이는 '가능성을 믿어주면 기대에 부응하는 결과가 일어난다'는 심리학의 피그말리온 효과를 증명하고 있다.

미국 네브라스카 대학의 프레드 루탄스 교수는 '직원들의 마음속에 긍정적인 심리가 개발된 상태'를 돈이나 물자와 같은 자본의 일종인 '긍정 심리자본'이 된다고 주장한다. 직원들에게 이 같은 긍정적 에너지를 만들어내는 대표적인 것이 희망과 자신감, 현실적 낙관주의라고 한다. 성공한 사람과 소통하는 간접경험과 '할 수 있다'는 격려는 자신감을 심어주고 조직에 긍정적 에너지를 불어넣는다.

차별화되고 다양한 방식으로 칭찬하라

칭찬은 고래도 춤추게 한다. 하지만 칭찬은 구체적으로 하여야 효과가 크다. '잘 했다'는 단순한 칭찬이나 '좋은 것 가지고 있네'라고 물건에 대하여 칭찬하기보다는 '일을 하거나 물건을 고르는 태도나 재능' 에 대해 칭찬하는 것이 좋다. 예를 든다면 '잠도 안 자고 그렇게 열심히 하더니 드디어 해 냈구나' 또는 '멋진 디자인의 넥타이를 고르는 안목이 대단하네' 라는 방식이다. 또한 칭찬은 동료들이 있는데서 공개적으로 하거나 제3자에게 말하여 그를 통해 전달하는 것이 좋으며, 결과뿐 아니라 과정을 칭찬하고, 예상외의 상황에서 칭찬하는 것이 좋다.

사람은 이성적이길 원하지만 감성에 의해 움직인다

일반적으로 기관이나 회사와 같은 조직은 법이나 규칙, 그리고 돈에 의하여 움직인다고 생각하기 쉽다. 하지만 사람들은 이성에 의하여 움직이기 보다는 감성에 의하여 움직이는 면이 더 많은 것이 현실이다. 횡단보도에서 멋지게 차려입은 중년 신사가 무단횡단을 하면 여러 사람이 따라서 무단횡단을 한다. 하지만 허름한 옷차림의 사람이 무단횡단을 하면 아무도 따라서 건너지 않는다. 다른 사람의 마음을 끌려면 때와 장소에 어울리는 옷차림을 하여야 한다. 차림새를 바꾸면 남의 평가뿐 아니라 자신의 태도와 행동도 달라진다.

또 사람은 자기를 좋아하는 사람을 좋아하게 되어 있다. 이를 심리학에서 호감의 상호성이라고 한다. 따라서 구성원들에게 자주 호감을 표현하는 것은 법이나 돈보다 더 효과적인 조직운영의 방법일 수 있다.

진정한 리더는 공을 내세우지 않는다.

  '리더는 양떼를 뒤에서 인도하는 목자와 같다. 무리의 뒤에 있
으면서 가장 날렵한 이를 앞으로 나아가게 하고 나머지 무리는 뒤
에서 지휘받고 있음을 내내 모른채 따라가도록 해야 한다. 승리를
자축할 때는 다른 이들을 앞세우고 위험이 있을 때는 자신이 앞서
는 이가 진정한 리더이다. 사람들을 설득하고 그것이 자신들의 아
이디어였다고 생각하게 만드는 이가 현명한 리더이다'. 이는 남아
프리카공화국에서 피 흘리지 않고 흑인들의 인권투쟁을 이끌었던
넬슨 만델라의 말이다.

  노자도 일찍이 '훌륭한 지도자는 아랫사람들이 큰일을 할 수 있
도록 동기를 부여하는 사람이다. 자기 임무를 완수했을 때는 백성
들 입에서 우리가 해냈다고 자랑스럽게 말할 수 있도록 하는 사람
이다' 라고 한 것을 보면 진정한 리더는 '구성원들에게 공감할 수
있는 비전을 심어주고 비전을 달성하려는 열정을 불러일으키는 사
람' 이라 할 수 있고, 그러면서도 '성공을 자신이 아닌 구성원들의
공으로 돌리는 사람' 이야말로 참으로 훌륭한 리더라고 할 수 있다.

나의 지도자상

사실 그동안 역대 정권들은 이념적인 갈등구조로 정치를 이끌어 왔다.

최근에 서울대 송호근 교수님이 쓴 〈이분법 사회를 넘어서〉 라는 책을 읽었다.

'노무현 정부는 정책을 너무 많이 했고 이명박 정부는 정책자체가 존재하지 않는다.' 고 했는데 노무현 정부는 이념적인 색깔을 내세워서 대통령이 직접 스토리를 만들고 끌고 나가는 스타일이었고, 이명박 정부는 그런 것은 무시하고 일만하는 정부라는 것이다.

이명박 정부는 일을 추진할 때, 국민들이 어떻게 생각하든 나는 내 생각대로 밀어 붙이는 것으로 4대강 사업과 한미 FTA를 밀어 붙이고 말았다.

결과는 좋을지 몰라도 국민들 대부분은 동의하지 않았기 때문에 결국 정책이 존재하지 않는다고 하였다.

한나라의 지도자가 되려면 국민들과 소통하고 국민들이 희망을 가질 수 있는 비전을 제시하고 그 비전을 달성하기 위한 정책을 내세울 수 있는 사람이어야 한다고 생각한다.

매일 보수와 진보로 나뉘어서 싸우기나 해서는 사회발전이 제한적일 수밖에 없다. 지도자는 보수 진보를 떠나 국민 전체를 아우르고 답답한 부분을 다독거려 줄 수 있는 그런 사람이어야 한다.

그리고 대통령이 바뀐다고 해서 하루아침에 이 사회가 뒤집히지는 않는다.

우리나라는 산업화와 민주주의를 달성한 유일한 나라로서 세계 역사상 유래를 찾아 볼 수 없는 나라이다.

그래서 대통령이 누가 되느냐가 중요한 것이 아니라 어떤 대통령을 뽑느냐가 중요하다.

최근 읽은 책 중에서 '대통령은 누가 뽑혀도 몇 달 지나면 실망을 하게 된다. 메사아는 없다.' 라는 구절이 기억에 남는다.

이 책에서는 대통령이 모든 것을 다해 줄 것이라는 생각을 하지만, 대통령은 사실 혼자 힘으로 할 수 있는 일이 제한적이라는 것이다.

민주국가에서 삼권분립이 있고, 국회가 있고, 야당이 있는데 대통령 한사람이 세상을 바꿀 수는 없다는 것이다.

이 책에서 이야기 하고자 하는 것은 결국은 '국민이 메시아이다.' 라는 이야기다.

국민들은 깨어나야 한다.

국민들이 국가의 중심이 되고 정치인들의 잘못된 행태의 대한 꾸지람을 선거를 통해 의사를 표현해야 한다.

너무 이념과 지역갈등에만 치중하여 편 가르기에 힘쓰기 보다는 대의와 정책을 보고 투표를 해야 한다.

그리고 대통령 한사람에게 만 의지할 것이 아니라, '나는 국민의 한사람으로서 국가를 위해 무엇을 할 것인가' 를 생각해야 한다.

'일본 국민들의 의식구조 속에는 의무나 단체, 공동체로서의 의식이 지나치게 넘쳐 권리의식이 희박하다. 즉, 내세우는 것이 적다. 반면에 우리나라는 권리의식만 내세우고 내가 해야 할 의무에 대해서는 소홀하다.' 고 지적을 한 책을 읽고는 상당히 공감한 적이 있다.

보수든 진보든 누가 당선되건 국민들 전체를 이끌어가는 대통령이 되었으면 좋다.

그리고 국민들 역시 내가 지지하지 않은 대통령이 되었다고 해서 너무 비난만 하지 말고 내가 해야 할 역할이 무엇인가를 생각하는 성숙한 자세를 보여주었으면 좋겠다는 생각을 하였다.

법조인의 건강관리

요즈음 많은 분들이 웰빙(well being)을 원하고 있다. 웰빙은 육체적 건강은 물론, 정신적 건강 나아가 영적으로 안락함을 갖는 상태를 의미한다. 육체적 건강은 올바른 식생활과 운동을 통하여, 그리고 정신적 건강은 학습과 건전한 사회활동을 통하여, 그리고 영적 건강은 신앙을 통하여 이룰 수 있을 것이다.

과연 우리 법조인들은 어떠한 특성이 있으며 이에 맞는 웰빙 내지 건강관리 방법으로 어떠한 것이 있을까? 법조인들의 문제점은 첫째 책상에 앉아 있는 시간이 많아 운동이 부족함으로써 체형이 변하거나 신체 유연성이 떨어지고 근육이 약화되어 있다는 것, 둘째로 복잡한 분쟁 내역이 머리 속에 꽉 차있어 기운이 상승함으로써 두통이나 피로감을 느끼는 경우가 많다는 점을 들 수 있다.

필자는 이러한 문제점을 해결할 좋은 방법으로 단전호흡을 권하고 싶다. 일반인들은 단전호흡 수련은 눈감고 앉아 명상을 하는 것으로 오해하고 있는 경우가 많다. 그러나 단전호흡 내지 단학수련은 절반 이상의 시간을 요가와 비슷한 도인체조(導引體操)를 하여 굳어지거나 변형된 척추와 근육을 바로잡아 주고 신체를 이완시킨다. 그 다음 단전에 의식을 집중하여 호흡을 하면서 기운을 모음으로써 신체의 기운을 원활히 유통되게 하고 정신을 편안히 하는 효과를 볼 수 있다. 이와 같은 수련을 하면 우선 신체가 유연하여 지고 기혈순환이 원활하게 됨으로써 육체적 건강을 이룰 수 있으며, 정신 내지 마음 수련을 통하여 집중력이 배가되고 마음의 평정을 유지할 수 있다.

법조인들의 단학수련은 서초동 법원 청사에서 1992년에 시작된 이래 여러 법원이나 검찰청에 수련장이 개설되어 많은 분들이 현재까지 수련을 하여 오고 있다.

필자가 재조에 있을 때 퇴근 시간이 되면 피곤하여 바로 집에 가고 싶어도 총무라는 직책 때문에 또는 부장님을 모시고 가야 하므로 부득이 수련에 참여한 경우에도 수련을 마치면 정말 잘 왔다는 생각이 들고, 퇴근 후에도 개운한 심신으로 저녁시간을 유용하게 쓸 수 있었다. 아침에 출근할 때는 생생하던 심신이 퇴근 때는 파김치가 되는 것이 보통이지만 퇴근 후 한 시간만 단학수련에 투자하면 다시 싱싱해진 몸으로 퇴근할 수 있다며 동료들에게 수련을 권유했던 기억이 난다.

또한 스트레스를 받게 되면 단전에 의식을 모음으로써 마음의 여유를 찾게 되어 재판이나 조정을 진행하면서 부딪치게 되는 돌발 상황도 차분하게 대응할 수 있었다. 특히 민감한 성격이어서 재판이나 수사에서 스트레스를 많이 받는 분들이 단학수련을 하면서 업무 스타일도 부드러워지고 숙면을 취하게 되었다면서 단학수련 예찬론자가 되는 경우도 적지 않았다.

청사 사정으로 2년 전 수련장이 폐지되었던 서울법원종합청사에도 신청사가 준공된 만큼 수련장이 다시 개설되기를, 그리고 보다 많은 법조인들이 단학수련을 통하여 건강한 삶을 살기를 기대하여 본다.

화해와 조정

　"정의로운 판결보다 정의롭지 못한 화해가 낫다"는 말이 있다. 이는 판결에 뒤따르는 감정의 앙금과 상소로 인한 경제적 손실을 고려한 말일 것이다. "정의" 또는 "판결"이란 말에서는 뭔가 싸늘한 분위기를 느끼고, 화해라는 말에서는 뭔가 인간적 따스함이 배어난다.

　요즈음에는 화해라는 말보다 조정이라는 말을 더 많이 쓴다. 그러나 화해는 당사자를 중심으로 한 표현이고 조정은 법관을 중심으로 한 표현이라 할 수 있다. 어느 표현을 사용하던 양보를 통한 분쟁의 평화적 해결이란 같은 의미를 담고 있다.

　당사자들은 왜 화해를 할까? 필자는 당사자들이 화해를 하는 이유가 상대방을 진심으로 용서하고 양보하려는 마음이 일어나기 때문이거나 화해를 하는 것이 현실적으로 자신에게 이익이 된다고 판단하기 때문이라 본다.

그러면 당사자들이 그와 같은 양보의 마음 내지 현실적 판단을 하기 위한 필요조건은 무엇인가? 필자의 생각으로는 화해에 이르려면 당사자가 정확하게 현실을 인식하고 이를 토대로 합리적 판단을 할 수 있어야 한다.

우선 재판은 증거가 있는 사실만이 인정될 수 있다는 점 소위 동네사람들이 다 알아도 법관이 모르면 재판에서 인정될 수 없다는 점에 대한 이해가 있어야 하고 법관은 당사자에게 이를 주지시킬 필요가 있다. 특히 증거는 사실을 주장하면서 억울함을 호소하는 당사자에게는 우선적으로 이 점에 대한 이해를 시켜야 조정이 진행될 수 있다. 이를 위해 필자는 당사자에게 "입장을 바꿔서 원고(피고)가 지금 이 사건을 담당하고 있는 법관일 경우를 한 번 생각해 보라"고 말하기도 하였다. 그런 법이 어디 있느냐고 볼멘소리를 하는 당사자에게는 그런 법이 존재하는 이유와 그런 법이 적용되는 것을 거부할 수 없다는 점에 대한 이해를 구하기도 하였다.

다음에는 당사자가 정확한 현실인식을 토대로 감정이나 욕심을 벗어나 합리적인 판단을 할 수 있어야 한다. 우선 인간은 기본적으로 선한 마음을 가지고 있다는 전제 아래 분쟁 내지 소송으로 겪는 심적 고통에 대한 이해를 표하고 "승리는 원한을 부르고 패한 사람은 비통해 누워있다. 승리도 패배도 모두 버린 사람은 진정한 행복을 맛보게 된다."는 법구경의 말씀처럼 용서와 양보가 자신의 마음에 평화와 행복을 가져온다는 점을 이해시킬 필요가 있다. 그 점을 이해하지 못하거나 양보를 거부하는 경우에는 그건에서 불리한 점들 때문에 패소할 수도 있으므로 현명한 판단을 하라는 충고가 필요하다. 감정이나 욕심을 앞세우면 더 큰 마음의 상처를 입거나 손해를 본다는 점을 차분히 이해시키고 아픈 과거를 붙잡고 괴롭게 살지 말고 과거는 던져버리고 미래로 나갈 것을 권유한다.

법원에서 조정이 법관의 중요한 업무로 자리 잡은 요즈음 검찰에서도 분쟁을 조정으로 해결하는 제도를 도입하였다는 소식은 반가운 일이다. 법원 뿐 아니라 검찰에서도 많은 사람들이 화해와 조정으로 분쟁을 마무리 짓게 될 것이 기대된다.

사랑과 정의

어느 판사가 빵 한 덩어리를 훔친 죄로 잡혀온 노인을 재판하게 되었습니다. 노인은 가족들이 굶고 있어 빵을 훔쳤다고 말했습니다. 판사는 노인의 사연이 안타깝기는 하지만 법에는 예외가 없다면서 10달러의 벌금형을 선고했습니다. 선고를 마친 판사는 자기 주머니에서 10달러를 꺼내 노인을 대신해 벌금을 냈습니다. 그리고 그날 법정에 모인 모든 사람들에게 그 노인이 살기 위해 빵을 훔칠 수밖에 없는 각박한 도시에 사는 죄로 50센트씩의 벌금형(?)을 선고했습니다. 판사는 벌금을 모아 노인의 손에 쥐어 주었습니다.

이는 나중에 뉴욕시장이 된 라 구아디아(Fiorello La Guardia)가 판사로 일할 때의 이야기입니다. 법은 만인에게 평등하므로 누구에게나 예외 없이 적용되어야 하는 것도 중요하지만 그 과정에서 인간에 대한 사랑을 잃지 말아야 함을 일깨워주는 일화입니다.

정해년 새해가 밝아 온지 제법 되었음에도 차가운 날씨 마냥 우리 법조계의 냉랭한 분위기는 풀리지 않고 있습니다. 국민들이 진정 원하는 법조인상은 서슬 시퍼런 칼을 휘두르는 차가운 정의의 사도이기보다는 원칙을 지키면서도 따듯한 가슴으로 상대방에 대한 배려와 사랑을 베푸는 모습이 아닐까합니다. 영국의 시인 바이런은 "정의롭기만 한 사람은 잔인한 사람이다(He who is only just is cruel)"라고도 했습니다. 뒤집어 말하면 정의도 사랑의 바탕 위에 세워져야 한다는 뜻이겠지요.

새해에는 우리 법조계에 더 많은 라 구아디아 판사와 검사가 나오고 국민을 사랑하는 따듯한 법조계의 모습을 기대하여 봅니다.

사면과 정의의 휘슬

지방에 있는 법원에 근무할 때의 일이다. 그날은 재판기일로서 수십억 원을 불법 대출받아 새마을금고 하나를 부도나게 한 기업인에 대한 특정경제범죄가중처벌등에관한법률위반 사건의 판결선고가 예정되어 있었다. 짧지 않은 기간의 실형을 선고하기로 이미 판결문도 작성되어 있었다. 그런데 아침 조간신문에 대규모 사면이 실시되었다는 기사가 나왔다. 그 대상자를 보니 위 피고인보다 죄질이나 범정이 무거운 사람들이 대다수였고, 그들은 위 피고인보다 사회적 경제적으로 힘센 사람들이었다. 그 순간 고민에 빠졌다. 내가 아무리 엄정한 재판을 하여도 무슨 의미가 있을까? 돈 있고 힘센 사람들은 저렇게 법의 처벌을 면하는데 나는 힘없는 피고인들이나 처벌하고 있는 것은 아닌가? 도무지 문제된 사건의 판결을 선고할 용기가 나지 않았다. 생각을 정리할 시간이 필요하다고 판단되어 일단 판결 선고를 연기하였다. 강가를 거닐거나 명상을 하면서 법관의 역할에 대해서 근본적인 고민을 하였다. 며칠 후 "법관은 운동경기의 심판이다. 심판은 규칙을 어기는 선수를 보면 일단 휘슬을 불어야 한다."는 결론을 내렸다. 다른 심판이 어떻게 하던, 그 선수가 나중에 우승을 하던 심판의 휘슬은 살아있어야 한다는 것이다. 규칙을 어기는 선수를 보고도 심판이 휘슬을 불지 않는다면 그 경기는 물론 앞으로의 경기도 무질서에 빠져 규칙을 어기는 선수가 득을 보고 규칙을 지키는 선수가 불이익을 받을 것이므로 - 다른 심판이 큰 규칙위반에 대하여 휘슬을 불지 않는다 하더라도 그것은 그 심판이 평가 받을 몫이므로 - 심판은 일단 휘슬을 불어야 한다는 논리다. 그 후 안정된 마음으로 판결을 선고할 수 있었고, 나중에 그 판결이 상급심에서 그대로 확정되었음을 확인할 수 있었다.

이 정부는 최근 유죄판결이 확정된 약 400여명의 기업인, 정치인에 대하여 7번째 사면을 발표했다. 그들이 끼친 사회 경제적 상처는 아직 아물지 않고 판결문의 잉크마저 마르지 않았음에도 부패 정치인들을 대거 포함시킨 것을 볼 때 대선을 염두에 둔 정치권의 "경제살리기로 포장한 정치인 사면" 임은 삼척동자도 알 것이다. 그 사건의 수사와 재판을 담당했던 검사와 판사들로서는 너무나 김이 새는 일이고 사면권 규제에 대한 사회적 여론도 비등하지만 그러한 입법 또한 "과거의 또는 미래의 사면 대상자들"이 해야 하기에 답답하기만 하다.

하지만 비관하지는 말자. 이 나라 사법의 초석을 놓은 분으로 "역천자(逆天者)는 망하고 순천자(順天者)는 존(存)"으로 결정될 날이 목첩(目睫)에 있다는 믿음을 가졌던 가인 김병로의 기개를 되뇌이면서 법관과 검사는 오늘도 내일도 돈 있고 힘센 사람들을 향해 자신 있게 정의의 휘슬을 불어야 하지 않겠는가? 건강한 우리 사회를 위하여.

종교의 역할

세계역사의 흐름을 보면 전쟁사의 이면에는 종교대립이 원인이 된 것이 많다. 중세기 십자군 전쟁으로부터 지금도 계속되고 있는 이스라엘과 팔레스타인간의 기나긴 전쟁은 종교가 역설적이게도 분쟁의 씨앗이 되고 있다.

모든 종교는 평화의 참 가치를 실현한다. 기독교에서는 사랑을 통해, 불교에서는 자비를 통하여 모든 사람들을 평화롭게 살게 하는 세상을 만들어 가고자 하는 것이 종교다.

그런데 지금도 기독교인 이스라엘과 이슬람교인 팔레스타인간의 전쟁으로 인한 피해가 아직도 지속되고 있다. 종교의 역할이 평화를 지향함에도 불구하고 오히려 갈등 구조를 생산하여 끊임없이 전쟁으로 인한 인명피해가 속출되는 현상을 보면 안타까울 때가 많다.

어떻게 하면 이 분쟁의 소지를 없앨 수 있을까?

그것은 종교가 종교의 본연의 모습으로 돌아가는 것이다. 대립과 갈등보다 화합과 소통을 강조하고, 뿌리는 하나라는 믿음을 가지고 살아가도록 인도한다면 전쟁을 일소하고 세계평화를 구축하는 것은 어렵지 않을 것이다. 그런데 종교인들이 앞장서 대립과 갈등을 조장하고 평화보다는 분쟁을 만들어 전쟁을 통한 살생을 자행하는 모습은 종교가 종교이기를 거부한 느낌이다.

우리나라도 표면적으로는 나타나지 않지만 종교 갈등이 심화된 적이 있다. 그러나 다행스럽게도 에큐메니칼 운동을 통해 범종교인들의 노력이 극한 종교분쟁으로 까지 확산되는 것을 방지하고 있다. 하지만 종교가 종교 본연의 역할을 제대로 실천하지 못해 지금 사회적으로 엄청난 갈등구조와 대면하고 있다. 계층 간의 갈등, 이념간의 갈등, 세대 간의 갈등, 진보와 보수 간의 이념갈등 등 수많은 갈등은 종교가 적극적으로 나서서 해결해야 할 숙제이다. 급속한 산업화와 무비판적인 자본주의의 유입이 물질만능주의를 부채질하고 인간의 존재에 대한 근본적인 생각들을 등한시 한 결과가 아닌가 한다. 돈을 중요시하는 사회가 되다 보니까 결국엔 대립과 갈등이 계속해서 재생산 되고 있다.

나는 불교의 정신에 심취되어 나름대로 몸소 실천하려고 하고 있으나, 불교만이 아니라 모든 종교가 종교 본래의 역할을 찾아가는 것이 우리사회의 갈등구조를 해소 할 수 있는 것이다.

이제는 우리가 서로를 둘러보고 화합할 수 있는 종교 원리가 무엇인지? 종교가 사회문제를 어떻게 치유할 것인가? 고민해 보아야 할 때가 되었다.

최근 유엔이 발표한 '2013 세계행복보고서'에 따르면 156개 국가를 상대로 국민들의 행복도를 조사한 결과 한국은 10점 만점에 6.267점을 받아 41위를 기록했다. 반면에 아주 가난한 나라인 부탄이나 네팔 같은 나라는 행복지수가 상당히 높게 나타나고 있다.

몇 년 전에 네팔을 다녀 온 적이 있는데, 네팔사람들을 보면 가진 것도 없고 생활수준도 낮은데 사람들 표정에는 항상 웃음이 떠나지 않는 것을 보았다.경제적으로는 낙후되어 있음에도 그렇게 마음이 평화롭게 웃으며 사는 모습을 보면, 경제적 부와 행복지수는 직접적인 관계가 아니라는 느낌이 든다. 경제적 부가 행복의 하나의 조건이 될지언정 절대적 기준은 아닌 것이다. 그런데 우리나라 국민들은 충분히 먹고 살만 하고 경제적으로 비교가 안 될 만큼 강국이지만 표정에 항상 불만이 가득 차 있다. 그것은 치열한 경쟁사회에 살다보니 남과 비교하여 상대적 박탈감을 느껴 어떻게 해서든 경쟁사회에서 살아나야 한다는 강박관념이 지나쳐 나타난 현상이 아닌가 한다.

이제는 남을 밟고 올라가야만 살아나갈 수 있다는 생각을 버리고 정신적인 가치나 내면의 성숙도를 길러야 하지 않을까? 생각한다.

그러기 위해서는 종교의 역할이 중요하다. 종교가 갖고 있는 내면을 다듬고 마음을 넓혀 다양한 가치를 인정하는 사회가 되어야 지나친 경쟁의식을 조금이나마 누그러뜨리지 않을까?

가치관이 변하면 행복지수가 올라간다. 이미 우리나라는 물질적으로 행복할 조건들을 모두 갖추고 있다. 그럼에도 불구하고 행복지수가 낮다는 것은 안타까운 일이다. 따라서 종교분쟁 없이 종교 활동을 하고 있는 것만으로 종교적 역할을 다했다고 하지 말고 평화스런 사회, 국민이 느낄 수 있는 행복한 사회를 만들기 위해서 좀 더 적극적인 노력이 필요하다고 하겠다.

제3장

희망

강원디자인 프로젝트

'디자인하지 않으면 사직하라(Design or Resign)'

이 말은 죽은 영국을 살려낸 것으로 평가받는 대처수상의 유명한 어록이다. 한 때 세계를 지배하고 유럽문화의 중심지이던 영국이 정치·경제적으로 침체의 늪에 빠지자 변하지 않으면 죽는다는 절박함에서 나온 것이다.

그 핵심은 국민들의 행복했던 삶을 복원하기 위해서는 도시재생과 문화융성을 통해 영국을 새롭게 디자인해야 한다는 외침이었다.

그 후, 쓸모없이 나뒹굴던 철도 역사, 발전소건물이 리모델링되어 오르쉐미술관과 테이트모던미술관으로 재탄생하고 템즈 강가에 도시 전체를 조망할 수 있는 '런던아이' (LONDON EYE)라는 랜드마크가 들어섰다.

강 위의 예술품이라 할 수 있는 '타워브릿지' 옆에는 새로운 디자인의 '밀레니엄브릿지' 를 건설하는 등 도시디자인 사업을 적극 실시한 결과, 런던은 도시 면모를 일신하고 세계적 관광도시로 거듭나게 되었으며 지난해에는 하계올림픽을 성공리에 치렀다.

독일의 환경수도라고 불리는 인구 20만의 프라이브르크는 어떠한가?

미관(美觀)을 위하여 건물마다 지붕의 모양을 비스듬한 각도로, 색상은 원색으로, 건물은 일정한 높이로 각기 규제하였다. 그리고 도심공동화를 막기 위하여 도심의 신축건물은 1층은 상점, 2층부터는 주거용인 주상복합건물만 허가하고 인구감소로 발생한 도심의 빈 주택을 철거하여 녹지를 조성하거나 쇼핑 및 문화시설을 유치했다.

나아가 도심의 차도와 인도 사이에 폭 30~50cm의 인공수로인 베히레를 조성하고 나무가꾸기 사업을 실시하여 녹지를 조성하고 놀이터를 만듦으로써 젊은 층이 주거지로 선호하게 되고 이러한 아름답고 친환경도시를 구경하기 위하여 관광객들이 도심을 찾도록 만들었다.

이러한 성과는 보봉포럼이란 시민단체(NGO)가 주민의견을 수렴하고 시 및 의회와 협의를 거쳐 이를 실행하는 방식, 즉 주민참여형 도시가꾸기 시스템으로 일구어 낸 것이라 더욱 의미가 크다.

일본의 작은 섬 '나오시마' 의 변신도 감동적이다.

제련소 폐업에 따른 인구감소로 폐허가 되어 가던 상황에서 건축가와 미술가들의 도움으로 자연친화적인 미술관을 짓고 섬 곳곳에도 미술품을 설치하는 '아트프로젝트'를 실시하였다. 버려진 주택들에는 미술품을 전시하고 거리를 꽃과 그림으로 가꾸는 '이에 프로젝트'를 실시함으로써 예술의 섬으로 탈바꿈시켰다.

일본의 '유후인'은 폐허가 된 중심시가지에 투자를 유치하고 검은벽 사업 등 마을가꾸기 사업을 적극 추진함으로써 연간 2천만 명이 찾는 관광명소로 자리매김하였다. 인구 1만2천 명의 조그만 도시 '나카하마'도 쇠락해 가던 구도심(舊都心)에 예술의 숨결을 불어넣어 연간 400만 명의 관광객이 찾게 되었다. 이러한 도심활성화 사업들이 성공한 밑바탕에는 지역의 기업인과 상공인 및 일반 시민들이 주도하고 지방자치단체 및 의회의 적극 협조가 있었다. 그 결과 주민들의 소득과 삶의 질이 크게 향상되었음은 물론이다.

이제 강원도도 도로와 철도개설로 수도권과의 접근성이 획기적으로 개선되고 있다. 2018년이면 지구촌 곳곳에서 관광객이 몰려드는 동계올림픽도 열린다. 도심공동화로 어려움을 겪는 도내 시?군들은 외국의 성공한 도시재생사업들을 벤치마킹하거나 이를 뛰어넘는 창조적 사업에 눈길을 돌려야 할때라는 생각이다.

강원도가 수도권 2,300만 명이 즐겨 찾는 힐링의 고장이 되고 300만 강원인들의 삶의 질이 향상되려면 강원도를 아름답게 디자인하는 '강원디자인 프로젝트'라는 봄바람이 불어와야 한다.

강원FC는 우리에게 무엇을 주는가?

강원FC의 사회적 기능

우리는 축구를 통해 경기관람으로 스트레스를 해소하지만, 운동욕구를 자극하여 직접 운동을 하게 함으로써 건강증진에도 기여한다.

그러나 무엇보다도 다양한 집단군을 형성한 지역주민들을 결속시키고 일체감을 조성하는 순기능이 내제되어 있다.

축구라는 모멘트를 통해 지역주민들 간의 일체감 조성이라는 사회적 기능은 곧 즐거움과 휴식을 통한 삶의 에너지를 제공 받아 결국 삶의 질을 향상시킨다.

월드컵과 같은 국제적 스포츠 이벤트는 국경, 민족, 이념을 초월한 공통의 문화로서 자리매김하고, 국가 간의 장벽을 넘어 글로벌화를 촉진시킨다.

따라서 우리는 강원FC의 경기를 관람하면서 다른 구단의 선수와 서포터스를 수용하고 아낌없는 격려를 하는 과정에서 사고의 개방화를 촉진시키고, 정보와 문화교류의 장으로 활용되어야 한다.

강원FC의 경제적 기능

홈에서의 축구경기는 다른 구단의 선수들과 지원인력의 방문으로 숙식 및 관광을 통해 지역경제에 많은 기여를 하게 된다.

또한 경기관람으로 인한 지역주민들의 이동 및 여흥 등이 소비진작에 촉진제 역할을 하여 지역경제를 활성화 하는 계기가 된다는 점에서 매우 긍정적이다.

그러나 단순히 경제적인 효과만 보는 것이 아니다.

지역주민들의 적극적인 경기관람과 열정적 응원 모습에서 강원인의 열정을 읽을 수 있다.

그리고 잘하는 상대방에게도 아낌없는 박수를 보내는 모습에서 강원인의 공정한 사고와 경기가 끝난 후 스스로 주변을 청소하는 모습에서 선진시민의 모습을 보여 줄 수 있다는 점에서 강원도와 강원인에 대한 긍정적 이미지를 형성하게 될 것이다.

강원FC를 활용하자

지역주민들이 적극 참여하여 경기를 즐기는 분위기가 조성되어야 하고 이를 위해 강원도와 도민구단의 노력이 필요하다. 그런 점에서 도민구단의 선수들이 평소 조기축구 모임이나 축구선수인 학생들과 경기를 하거나 기술지도를 하여 주는 것은 바람직한 일이다.

스포츠 선진국들은 관광과 스포츠를 접목시켜 경제적 효과를 배가시키고 있다. 강원도도 강원FC, 동부프로농구단 등의 경기와 관광을 접목한 스포츠관광의 새로운 패러다임을 구축함으로써 도민의 소득증대에도 활용할 필요가 절실하다. 스포츠 경기 관람과 아울러 강원도의 아름다운 자연경관과 문화유산을 즐기거나 답사하는 프로그램을 만들고, 이를 홍보하는 다양한 마케팅 전략을 갖추어야 할 것이다. 스포츠 경기와 아울러 지역 특산품 판매행사나 먹거리 할인행사 등도 고려하여 볼 만하다.

프로 스포츠는 그 성격상 각 구단의 전력이 비슷하여 경기결과가 불확실할 때 관중의 흥미를 끌 수 있으므로 드래프트제도 등 전력 평준화 정책을 필요로 한다. 따라서 프로 스포츠에서 어느 팀만이 승승장구할 수는 없는 것이 현실이다. 신생팀으로 재정적 지원이나 훈련이 충분치 않은 어려움 속에서 현재까지 강원FC가 보여준 경기결과는 성공적이라 평가할 수 있다. 우리 도민들도 매 경기의 승패에 집착하기 보다는 경기자체를 즐기는 성숙된 모습을 보여야 할 것이다.

강릉의 미래

강릉의 현실 진단

우리 대한민국에서 강릉은 어떤 곳입니까? 산업도시? 아니죠. 교육도시? 지역의 교육중심 도시일 뿐 케임브리지나 옥스퍼드 같은 나라의 교육중심도시는 아닙니다. 그러면 관광도시? 맞습니다. 하지만 국내에서도 서울, 제주, 경주와는 관광소재에서 경쟁이 되지 않습니다.

휴양도시? 머무는 관광 내지 휴양이 이루어져야 지역경제에 도움이 될 것인데 관광객이 머물기에는 관광소재가 부족하고 숙소 또한 부족합니다. 도시미관 아직 열악합니다.

강릉의 관광객에 대한 서비스 수준은 어떻습니까?

우리의 미래 비전

2018년이 되면 강릉에서 동계올림픽이 열리게 됩니다. 저는 그 때 강릉의 바람직한 모습을 상상해 보았습니다.

o 복선전철, 제2영동고속도로 등으로 서울 ~ 강릉 접근성 획기적 개선(1시간 대).
o 동계올림픽 빙상경기에 참가하거나 관람하기 위하여 세계에서 수 만명의 선수와 관광객이 강릉을 방문.
o 동계올림픽 경기 외에도 문화예술행사 및 관광소재 등 다양한 볼거리가 있음.
o 선수와 관광객이 숙소와 음식, 교통, 언어 등에서 불편함이 없음.
o 강릉시민들의 협조와 서비스 정신에 모두가 감동을 받음.
o 올림픽이 끝난 후에도 관광객들이 볼거리 먹을거리를 찾아 지속적으로 강릉을 찾음.
o 빙상경기시설이 문화 상업 공간으로 잘 활용되고 있음.
o 강릉은 대한민국 동계스포츠의 메카이자 공해와 스트레스에 찌든 수도권 2천만 국민을 힐링하는 아름답고 살기 좋은 명품 관광 휴양도시로 자리매김.

○ 시민들의 머리에는 희망이, 가슴에는 행복이, 얼굴에는 미소가 가득할 것임.

비전 실행 전략

그러면 이러한 우리의 비전은 어떻게 이룰 수 있을까요? 이 자리에 계신 여러분들이 나서야 합니다. 다행스럽게 강릉에는 이미 이러한 비전을 가진 시민들이 주체가 되어 지난해 사단법인 2018 동시모가 설립되었습니다.

우리 (사)2018동시모는 이미 푸른 바다와 호수, 늘푸른 소나무가 어우러진 천혜의 자연경관을 갖춘 경포호수 근처에 올림픽타워를 세우고 그 상단에 LED조명을 이용한 GREATE MOON(인공달)을 설치하는 사업과 강릉역 - 올림픽빙상경기장 - 오죽헌 - 선교장 - 경포대 - 참소리박물관 - 경포해수욕장 - 허균생가터 - 강릉역을 순환하는 도로에 관광트램을 운행하는 사업을 강릉시에 제안하는 등 관광소재개발운동을 추진하고 있습니다. 또한 노후된 도시를 아름답게 디자인하고 꽃을 가꾸기 위한 도시가꾸기운동과 아트센터를 건립하고 도시 곳곳에 문화예술의 옷을 입히기 위한 문화예술활성화운동, 서비스를 글로벌 수준으로 향상시키기 위한 서비스 업(UP) 운동 등을 추진하고 있습니다.

이제 시민들이 스스로 마음이 일어나고 몸이 일어나야 합니다. 바로 스마일 운동입니다. 강릉의 스마일운동은 "잘 살아보세"라는 구호 아래 살기좋은 나라를 만들었던 새마을운동의 경험을 살려 뉴새마을운동으로 불꽃처럼 활활 타올라야 합니다.

창조관광

성장률 둔화, 청년실업, 인구의 고령화 등으로 고민하는 한국경제가 활력을 찾으려면 고용창출효과가 큰 관광산업을 신성장동력으로 삼아야 한다. 관광산업이 신성장동력이 되기 위하여는 창의성이 문화예술, 레저스포츠와 복·융합하여 새로운 관광소재를 만들어내는 것, 바로 창조관광이 육성되어야 하고 이는 박근혜정부의 창조경제를 실현하는 한 방안이기도 하다. 특히 세계인이 참여하고 세계가 주목하는 2018평창동계올림픽은 관광산업이 획기적으로 발전할 수 있는 절호의 기회이다. 이러한 기회를 살리기 위하여 우리는 발상의 전환을 하여야 한다. 우리가 물려받은 자연자원과 문화유산만이 관광자원은 아니다.

미국은 사막 한 가운데에 라스베이거스를 세워 관광 및 휴양, 컨벤션산업을 육성하였고, 화산석이 깔린 하와이 해변에 호주에서 운반해 온 모래를 깔아 세계적 휴양지 와이키키 해수욕장을 만들었다.

프랑스는 프랑스혁명 100주년 기념으로 1889년 만국박람회를 열면서 낮고 아름다운 건물로 잘 꾸며진 파리 한 복판에 20년 후 철거하는 조건으로 높이 300m의 에펠탑을 세웠는데 이제 에펠탑은 파리에 관광객을 끌어 모으는 랜드마크로 자리매김하였다.

영국은 런던의 템즈강가에 도시 전체를 조망할 수 있는 런던아이와 아름다운 런던브릿지를 세워 많은 관광객을 끌어 모으고 있다.

일본은 폐업한 제련소와 산업폐기물로 얼룩진 섬 나오시마에 1992년 베네세하우스 뮤지엄을 시작으로 2004년 지추미술관을, 2010년 이우환미술관을 열고, 주민들과 함께 오래된 마을의 민가를 개조해 현대미술 작품으로 바꾸기도 하고, 섬 곳곳에 미술품을 설치하는 등 예술의 옷을 입힘으로써 세계인들이 찾는 관광지로 변모시키는 프로젝트를 실행하고 있다.

우리 강원도를 둘러보면, 폐광지역의 카지노에서 종합리조트로 성장하여 5천 명의 고용창출을 한 강원랜드, 이미 한국의 대표적 축제로 자리잡은 화천 산천어 축제, 가을이면 서울시의 낙엽을 갖다 뿌려 낙엽천국을 만든 남이섬, 박물관고장으로 자리매김한 영월, 정선의 옛 정암광업소를 박물관 등 복합문화공간으로 변모시킨 삼탄아트마인이 있으며, 강릉에는 세계적인 음향기기박물관인 참소리·에디슨 박물관에 이어 안성기 영화박물관이 건립 중이며, 최근 경포호 주변에 석호생태박물관 건립사업이 사업자선정을 마치고 착공을 준비하고 있다. 이들은 현재 우리 강원도에서 움트고 있는 대표적인 창조관광의 싹이라 할 수 있다.

때마침 염동렬 국회의원이 2013년 5월 30일 알펜시아리조트에서 발표한 올림픽 관광배후도시 비전은 시의적절한 발상이라 생각한다. 이는 동계올림픽이 열리는 지역과 배후지역들이 폐광지, 산악 및 고원, 해양 등 각 지역의 특성을 살린 창의적인 관광소재를 개발함으로써 통합적인 관광벨트를 구성하자는 제안이다. 주민들이 스스로 자신이 사는 마을을 관광지로 변모시키고자 농특산품, 볼거리, 체험장, 음식, 축제 등 생활밀착형 관광소재를 개발 및 운영하고 정부와 지자체는 공용시설과 마케팅을 지원하는 방식인데 이미 새마을운동으로 잘 사는 마을을 만들어 본 경험이 있는 우리들에게는 제2의 새마을운동이라는 모습으로 다가온다.

이미 강릉에서는 동계올림픽 빙상경기가 열리는 강릉을 명품관광도시로 만들자는데 뜻을 같이 하는 시민들이 주체가 된 사단법인 2018동시모가 푸른 바다와 호수, 늘푸른 소나무가 어우러진 천혜의 자연경관을 갖춘 경포호수 근처에 올림픽타워를 세우고 그 상단에 LED조명을 이용한 GREATE MOON(인공달)을 설치하는 사업과 강릉역 - 올림픽빙상경기장 - 오죽헌 - 선교장 - 경포대 - 참소리박물관 - 허균생가터 - 강릉역을 순환하는 관광트램 사업을 강릉시에 제안하는 등 관광소재개발운동을 추진하고 있으며, 도시를 아름답게 디자인하고 가꾸기 위한 도시가꾸기운동, 아트센터를 건립하고 도시 곳곳에 문화예술의 옷을 입히기 위한 문화예술활성화운동, 서비스를 글로벌 수준으로 향상시키기 위한 서비스 업(UP)운동 등을 펼치고 있다.

그간 강원도 관광의 가장 큰 제약요인은 인구가 밀집한 수도권으로부터의 접근이 쉽지 않다는 점이었다. 그러나 최근 서울-동홍천 고속도로와 경춘선 복선전철이 개통되었고, 원주-강릉 복선전철, 제2영동고속도로, 동홍천-양양 고속도로는 공사가 진행 중이며, 춘천-속초 동서고속철 등은 사업추진 단계에 있고, 앞으로 올림픽 개최지 연결도로망 등 많은 국도가 개설됨으로써 2018년이 되면 수도권 2300만 인구는 강원도 어느 곳이나 쉽게 접근할 수 있게 된다.

이러한 기회를 맞은 강원도로서는 천혜의 자연환경을 바탕으로 창의적인 관광소재를 지속적으로 개발한다면 우리 고장은 공해와 스트레스에 지친 수도권 2300만 인구는 물론 전 국민의 몸과 마음을 힐링하는 휴식처, 삶의 즐거움과 에너지를 얻는 활력충전소로서 한국 관광의 메카가 될 것이며, 도민들의 삶의 질 또한 향상될 것이다. 산업폐기물로 뒤덮힌 나오시마를 예술의 섬으로 탈바꿈시킨 후쿠다케의 "존재하는 것은 살리고 없는 것은 만든다"는 말처

럼 지금은 창조관광의 시대이고 우리 모두는 창조관광의 아이디어
맨이자 실천가들이 되어야 한다.

4년의 승부

2011년 7월 6일 남아공 더반에서 2018년 동계올림픽 개최지로 평창이 선정되었다는 낭보가 들려왔다. 우리 강원도민들은 어려움 속에서 열정 하나로 얻어낸 성취의 기쁨과 올림픽을 계기로 철도와 도로망 등 부족했던 사회간접자본을 확충하고, 아름답고 살기 좋은 곳으로 만들 기회를 맞이했다는 희망에 가슴 설레었다.

그동안 원주 ~ 강릉 복선전철과 경기장 부지매입절차가 진행되는 등 올림픽 경기를 치르기 위한 주요 시설공사는 시작되었고, 2018년이 되기 전에 완공될 것으로 보인다. 그러나 올림픽은 길을 뚫고 경기장만 짓는다고 준비가 되는 것은 아니다. 올림픽이 열리는 기간 강원도를 찾을 선수와 임원, IOC 위원, 보도진 등 공식 인원만 2만여 명이 넘을 것으로 예상되며 각종 경기를 관람하기 위하여 찾는 외국인 및 국내 관광객 또한 수 만 명에 이를 것으로 추산된다. 이들의 숙박, 식사, 교통에 불편함이 없어야 할 것이고, 언어소통에도 불편함이 없어야 할 것이다. 올림픽이 유치된 지 3년이 되어가고 올림픽이 열릴 날이 4년 앞으로 성큼 다가온 지금 과연 우리 강원도는 그 동안 무엇을 얼마나 준비하고 있는지 되돌아보아야 한다.

특히 수 만 명의 외국인들이 머물 숙소가 필요함에도 올림픽 개최지인 평창, 강릉, 정선에는 현재 몇 개의 호텔과 콘도미니엄밖에 없다. 이러한 시설의 신축에는 사업계획 수립과 부지확보, 설계 및 시공에 여러 해가 걸리는 점을 감안할 때 심각한 문제다. 이는 위 3개 시군만의 문제가 아니라 올림픽의 성패와 직결된 사항이므로 강원도와 동계올림픽조직위원회도 숙박시설 유치에 적극 발 벗고 나서야 할 것이다. 2014 겨울올림픽을 개최하는 러시아 소치는 푸틴 대통령이 적극적으로 밀어부쳐 세계적 대기업들이 막대한 자금을 들여 대규모 호텔과 위락시설을 신축했다고 한다.

우리가 2018 동계올림픽을 유치한 것은 경기관람 보다는 낙후된 강원도를 발전시키고자 함에 진정한 목적이 있다. 그러면 강원도를 아름답고 살기 좋은 곳, 나아가 세계적 관광지로 만들어 도민들의 삶의 질을 높이고 소득을 증대하는 경제적 효과를 거두기 위하여 우리는 무엇을 어떻게 하여야 할 것인가? 이를 위해서는 우선 철도와 도로망 등 사회적 편의시설을 확충함은 물론 도시와 농촌의 미관을 정비함으로써 아름다운 이미지를 만들어야 한다. 낡은 공공시설물들을 정비하고 도로표지판에는 영문과 중국어, 일본어를 병기해야 한다. 노후한 건물과 주택은 리모델링을 통하여 도시 전체의 디자인 컨셉에 어울리도록 유도해야 한다.

강원도도 외국의 사례들을 벤치마킹하거나 이를 뛰어넘는 창조적 지역디자인 사업을 적극적으로 시행해야 한다. 또한 올림픽 기간 동안 강원도를 찾는 외국인 및 국내 관광객에게 보여 줄 새롭고 창의적인 관광소재를 개발하고 시설을 유치함은 물론 국제적 수준의 서비스 제공을 위한 인력양성 내지 교육시스템을 갖추어야 한다. 평창동계올림픽이 4년밖에 남지 않았다. 우리가 바라는 올림픽 성공, 지역발전, 삶의 질 향상 이 모두는 시간이 지나면 저절로 이루어지는 것이 아니라 우리 강원도민들의 지혜와 땀으로 이루어지는 것이다. 우리가 강원발전을 획기적으로 이끈 선각자로 역사에 기록될지 후손에게 부채만 넘겨준 부끄러운 조상으로 기록될지는 우리가 앞으로 4년간 어떻게 하느냐에 달려 있다.

무상급식과 친환경급식

2009년도에 무상급식이 정치적 이슈로 제기되어 한동안 우리사회를 뜨겁게 달군 적이 있다. 그런데 그 문제가 선거이슈로만 부각되었을 뿐, 선거 이후 수면 아래로 내려가더니 지금은 너무 조용하다. 그렇다고 근본적인 해결을 한 것이 아닌데도 그 방안을 제시하지 못하고 있다. 물론 그 이슈를 통해 국민들에게 보편적 복지를 제안했고, 그동안의 무상급식이 시혜가 아닌 새로운 권리로 인식하게 만드는 계기가 된 것은 사실이다.

우선 초등학교에서 무상급식을 실시하고 이를 점차 확대하자는 것이었지만, 예산 확보를 위한 재정확충에 따른 증세가 문제였다. 사실 우리나라 재정으로는 감당하기 어려운 과제이지만 선거를 의식해서 여야의 논쟁에도 불구하고 묵시적 동의로 초등학교 무상급식을 전국적으로 시행하게 되었다. 예산을 다루는 입장에서 보면 예산확보가 쉽지 않은 무리한 정책이지만 국민 대다수가 원하고 있고 학부모들의 표를 의식한 각 지자체에서 적극적으로 동조하고 나섰다. 그러나 현실적으로 무상급식에 따르는 부족한 예산을 다른 항목의 예산을 감액하면서까지 지원하다 보니 다소 무리가 따를 수밖에 없었다.

특히 강원도처럼 재정자립도가 낮은 지방자치단체는 엄청난 재정 부담으로 다가오게 되었다. 그래서 복지예산 차원이 아닌 정부가 정책적 차원으로 지원해야 한다. 지자체의 부담이 아니라 교육부의 예산을 반영하여 의무교육에 따르는 비용으로 지원해야 할 것이다. 그리고 무상급식은 지역 농산물인 친환경 급식으로 지원하는 것을 좀 더 적극적으로 규정할 필요가 있다. 아이들에게 친환경급식을 지원한다는 것은 남다른 의미가 있다. 아이들의 건강에도 도움이 되고 지역에서 생산되는 농수산물에 대한 안정적 판로를 확보한다는 차원에서 적극적으로 권장하여야 할 사항이다.

강릉 사천에서 학교까지 매일 10리씩을 걸어 다니면서 도시락도 제대로 못 먹고 공부를 해야 했던 형제들이 생각난다. 다행히 그 시절에는 못사는 가정이 대부분이어서 지금처럼 상대적 박탈감은 덜 한 시절이었다. 지금의 아이들에게 만큼은 차별 없는 교육과, 배고파서 공부 못하는 그런 학생들이 없는 여건을 하루 빨리 만드는 것이 가장 시급한 일이다. 학교가 지역 농가와 급식을 위한 친환경 식재료를 계약 재배한다면, 대형 마트에 손해를 감수 하면서까지 공급하지 않아도 되기 때문에 지역경제 활성화에도 도움이 된다. 앞으로도 지역 농·축·수산물의 사용비율을 높이기 위해 생산부터 유통까지 문제점을 개선하여 지역농가와 학교 및 학생, 학부모 모두가 만족하는 학교급식을 만들어 나갔으면 하는 소망이다.

강릉을 아름다운 명품 관광도시로 만들자
(대담)

문 : 동계올림픽을 앞두고 있는 강릉이 명품 관광도시가 되기 위하여는 무엇을 해야 한다고 생각하십니까?

박 : 우선 동계올림픽 경기 외에도 많은 볼거리가 있어야 합니다. 오죽헌, 선교장, 참소리 박물관, 경포대, 정동진 등은 좋은 관광소재입니다. 그러나 기존의 관광소재만으로는 관광객들을 오래 머물게 하거나 다시 찾아오게 할 유인으로 부족하다고 봅니다. 현재 안성기영화박물관과 석호 생태관 건립이 추진되고 있는 것은 다행스런 일입니다. 하지만 강릉이 수도권 2천만 인구를 비롯하여 많은 국내외 관객이 지속적으로 즐겨 찾는 명품관광도시가 되려면 다른 곳과 차별화되고 지역적 특색을 살린 새로운 관광소재를 끊임없이

개발하여야 합니다.

미국인들은 네바다사막 한 복판에 라스베가스라는 관광도시를 만들었고, 하와이의 화산석 깔린 해변에 멀리 호주에서 가져 온 모래를 깔아 세계적으로 명성이 높은 와이키키 해수욕장을 만들었습니다. 그런데 강릉은 금빛 모래가 깔려 있는 경포를 비롯한 많은 해수욕장과 바다에 인접한 호수와 소나무 등 천혜의 관광자원을 조상으로부터 물려받았지만 새로운 관광소재를 만드는 데는 소홀했다는 지적을 면할 수 없다고 봅니다.

문 : 그러면 강릉에는 어떤 관광소재를 만들 수 있다고 생각하십니까?

박 : 파리에는 에펠탑, 런던에는 런던아이 빅벤, 시드니에는 시드니 타워와 오페라하우스가 있습니다. 이와 같이 세계적 관광도시는 랜드마크를 가지고 있고, 서울은 남산에 서울N타워가 있습니다. 하지만 강릉에는 아무런 랜드마크가 없습니다. 강릉이 세계적 명품관광도시가 되려면 동계올림픽이 열리기전에 반드시 강릉의 상징이 될 랜드마크를 세워야 합니다.

문 : 랜드마크는 여러 종류가 있는데, 강릉에 어울리는 랜드마크로는 어떤 것이 있을까요?

박 : (사)2018동시모는 바다와 호수, 그리고 늘푸른 소나무가 어우러진 천혜의 자연경관을 갖춘 경포호수 근처에 서울 남산타워 같은 가칭 올림픽타워를 세우고 그 상단에 LED조명을 이용한 직경

30~50m의 GREATEMOON(인공달)을 설치하는 사업을 강릉시에 제안하고자 합니다.

올림픽타워에 올라가면 남으로 정동진부터 북으로 주문진항구까지 시원하게 펼쳐진 동해바다와 해변의 소나무 숲, 아름다운 경포호수와 멀리 대관령 산자락과 풍력단지의 풍관을 감상할 수 있고, 밤에는 달과 모양은 같지만 실제 달보다 훨씬 크게 보이는 GREATE MOON과 호수에 비친 또 하나의 GREATE MOON에 환호하게 될 것입니다.

문 : 그러면 강릉의 올림픽타워는 서울의 남산N타워 보다 어떤 점에서 경쟁력이 있는 지요?

박 : 서울 남산N타워는 대한민국의 수도인 서울이라는 도시를 조망하는 곳으로 눈에 들어오는 것은 수많은 빌딩, 아파트, 주택과 한강, 그리고 멀리 북한산과 관악산 등이며 계절에 따라 풍광이 크게 다르지 않습니다. 그러나 강릉 올림픽타워에 오른 관광객은 봄에는 경포호수를 둘러싸면 핀 뽀얀 벚꽃에, 여름에는 밤바다에 비치는 어화(오징어잡이 어선 불빛)에, 가을에는 단풍이 물든 대관령과 소금강 풍경에, 겨울에는 흰 눈으로 덮힌 소나무들의 자태에 매료될 것입니다. 강릉에 올림픽 타워가 세워진다면 회색도시의 삶에 지친 수도권 2천만 인구가 그곳에 올라가 시원스럽고 아름다운 풍광에 가슴이 시원해지는 카타르시스를 느낄 것이고, 밤에는 하늘의 달보다 더 큰 GREATE MOON과 호수에 비친 그 모습을 보면서 황홀한 추억을 간직하게 될 것입니다.

문 : 그러면 (사)2018동시모가 제안하는 올림픽타워는 여느 관광지와 어떤 점에서 차별화된다고 보는가요?

박 : 유적지나 박물관 같은 관광지는 한 번 다녀오면 다시 찾는 경우가 드물지만 올림픽타워는 그곳에 오를 때만 보고 느낄 수 있는 시원하고 아름다운 조망으로 인하여 몇 번이라도 다시 찾는 관광명소가 될 것입니다.

가슴이 뻥 뚫리는 조망은 언제라도 다시 보고 싶을 것이며, 풍광 또한 4계절마다 다르고, 낮의 풍광과 밤의 풍광도 다르기 때문입니다.

문 : 올림픽타워가 좋아 보이기는 하는데 경제성 측면에서 승산이 있다고 보시는지요?

박 : 연간 600만 명의 관광객이 찾는 서울남산N타워는 외환위기 이후 YTN에서 800여억 원에 매입하여 매년 80-100억 원의 수익을 올리고 있다고 합니다. 강릉에 있는 올림픽타워는 서울N타워와 비교할 때 접근성은 떨어지지만 탁월한 조망과 차별화된 GREATE MOON 연출로 경포를 찾는 기존의 관광객 외에 새로운 관광객을 흡인할 수 있으므로 충분한 경쟁력과 경제성이 있을 것으로 예상됩니다.

올림픽빙사경기장 건립과 사후관리를 위하여 재정부담이 늘어날 것으로 예상되는 강릉시로서는 당장의 재정부담을 이유로 올림픽타워 건립에 주저함이 있을 수 있으나 경제적 파급효과 등 면밀한 수익성 분석을 한 다음 이를 추진한다면 오히려 빙상경기장으로 인한 재정부담을 올림픽타워의 수익으로 해결하는 실마리가 될 수도 있을 겁니다.강릉시의 전향적인 검토를 기대하여 봅니다.

　문 : 그러면 올림픽타워 외에 궁상하고 있는 관광소재가 있는지요?

　박 : 있습니다. 관광트램을 운행하는 사업입니다. 프랑스, 오스트리아 등 유럽에 가면 도로에 오목레일을 깔고 그 지상의 전선에서 전기를 공급받아 운행하는 전기열차인 트램을 볼 수 있습니다. 트램은 매연을 발생시키지 않아 친환경 교통수단으로 곽광을 받고 있지만 도로 위 공중에 얽히고 설킨 전선으로 인하여 도시미관을 해치는 단점이 있습니다.

　강릉에 도입하고자 하는 트램은 배터리를 이용한 트램으로서 도시미관을 해치는 전선이 없으면서 오히려 아름답고 추억을 불러 일으킵니다. 트램의 생김새는 역사 속으로 사라진 증기기관차와 같고, 색상은 붉은 색 등 화려한 색이며, 연통으로는 수증기를 배출하여 타임머신을 타고 동화의 나라를 여행하는 분위기를 연출할 것입니다, 운행코스는 서울-강릉을 오가는 고속철 종착역인 강릉역에서 올림픽파크를 지나 오죽헌 - 선교장 - 경포대 - 참소리박물관 - 홍장함 - 경포해수욕장 - 올림픽타워 - 허균 허난설헌 생가터 (석호생태관)를 지나 강릉역으로 되돌아가게 됩니다. 매연이 없는 친환경 교통수단이므로 우리나라 유일의 저탄소녹생성장 시범도시인 강릉의 컨셉에도 맞다고 봅니다.

문 : 경제성은 있다고 보시는지요?

박 : 아직 경제성까지는 검토하지 못했습니다만, 트램은 새로운 도로를 건설하는 것이 아니고 기존의 자동차도로 아스팔트를 파고 오목레일은 깔므로써 자동차의 공동으로 도로를 사용하게 되므로 별도의 선로를 설치하는 열차 보다는 건설비가 현저히 적게 듭니다. 대한민국에서 유일하게 강릉에만 있는 아름다운 관광트램을, 열차이용객은 물론 자동차로 강릉을 찾는 관광객도 타보고 싶지 않을까요. 경포호수 주변에 현재 추진되고 있는 안성기영화박물관, 석호생태관 외에 올림픽타워까지 건설된다면 시너지 효과를 낼 수 있다고 생각됩니다.

문 : 트램건립은 누가 주체가 되어야 하는지요?

박 : 저는 기본적으로 트램이건 올림픽타워건 강릉시가 주체가 되어 이를 시행하는 것이 바람직하다고 봅니다. 그 이유는 지자체가 시행자가 되어야 사업추진이 빠르고 그 수익 또 한 지자체에 귀속되므로 삼척시와 같이 지자체 시행사업이 재정적자 해결에 도움이 됨으로써 결국 공공의 이익에도 부합합니다. 만일 지자체가 시행하지 않는다면 대기업이라도 이를 진행하여야 한다고 봅니다. 이러한 시설들은 건립과정에서도 지역경제에 도움이 되고 운영과정에서도 관광객 유치와 고용창출로 지역경제에 도움이 되기 때문이지요.

문 : 또 다른 관광 아이템은 없는지요?

박 : 그 외에도 민속마을이나 예술인창작촌 조성 등 몇 가지 검토 중인 것이 있으나 이 자리에서 밝히기에는 시기상조라고 생각되어 다음 기회에 말씀드리겠습니다.

문 : 이사장님은 판사생활을 20년, 변호사 생활을 10년 한 것으로 알고 있는데 이와 같은 기발한 아이디어들은 어디에서 얻는지요?

박 : 일반적으로 법조인은 법을 해석하여 기계적으로 적용하는 고식적인 사고를 가진 사람으로 보는 경향이 있습니다. 그러나 실제로는 그렇지 않은 분들도 많습니다. 특히 일류학교에서 1등만을 하다가 판사가 된 어느 분들과 달리 빈한한 농부의 아들로 태어나 어렵게 판사가 된 저로서는 법을 적용하면서도 이 법이 과연 정당한 것인가에 대한 고민과 이 법을 적용받는 국민들이 과연 수긍할 것인가를 고민하였습니다. 바꾸어 말하면, 법을 기계적으로 적용하면서 국민들에게 무조건 따라 오라고 하기 보다는 법이 존재하는 이유 내지 정당성에 대한 고민과 이를 받아들이는 국민들의 입장에서 생각도 해보면서 법을 합리적으로 적용하려고 노력하였습니다.

그런 사고 탓에 법원에 있는 동안 사법개혁을 위한 파동이 있을 때마다 제도개선에 대한 여러 제안을 하기도 하였습니다. 현재의 법이나 제도에 안주하지 않고 가장 좋은 법이나 제도가 무엇일까를 생각하였듯이, (사)2018동시모 이사장을 맡게 되면서부터는, 우리가 어떻게 하는 것이 동계올림픽을 성공적으로 개최하고 고향 강릉을 서울에도 뒤지지 않는 명품 관광도시로 만들 수 있을까를 항상 고민하고 있으며, 기획사나 방송관계 등 창의적이 사고를 가진 여러 사람들을 만나서 아이디어를 얻습니다. 눈과 귀를 온통 한 분야에 집중하니 좋은 것들이 눈에 보이고 귀에 들리며 머리에 떠오르더군요.

문 : 지금까지 하신 말씀은 관광소재, 즉 볼거리에 관한 이야기였는데요, 그 외에 (사)2018동시모가 추진하는 사업은 어떤 것 들이 있는지요?

박 : 도시 및 내집 가꾸기 사업입니다. 이 사업은 어지럽고 노후된 시가지를 정비하고, 내집과 거리를 꽃과 나무로 가꾸어 아름답게 만듦으로써 도시의 거리나 시골길을 걷는 자체가 관광코스가 될 수 있게 하자는 것입니다. 이태리, 프랑스, 영국, 오스트리아, 스위스등 유럽에 있는 세계적인 관광지를 가보면 조형미가 빼어난 건물과 간판 등으로 아름다운 도시미관을 연출하고 있으며, 도로변과 아파트 베란다, 주택의 화단에 항상 꽃이 피어 있는 걸 볼수 있습니다.

문 : 강릉시는 이미 경포해변과 안목해변에 경관 정비사업을 시행하여 간판이 깨끗해진 것을 볼 수 있습니다. 강릉시가 해야 할 일과 시민들이 해야 할 일은 무엇인지요?

박 : 강릉시는 한전과 협력하여 도심 전선 지중화사업을 지속적으로 시행할 것으로 봅니다. 그에 못지않게 중요한 것이 어지럽고

노후된 시가지를 정비하고 꽃을 가꾸는 사업을 적극 시행할 필요가 있습니다. 노후된 블록담장은 강릉시 디자인 플랜에 따라 아름다운 디자인의 개방형 철제 또는 목재 담장으로 바꾸도록 공사비의 일정 부분을 지원을 하는 정책을 시행할 필요가 있다고 봅니다. 또한 강릉시가 시민들에게 꽃씨나 꽃, 꽃나무를 무료로 또는 저렴한 가격에 공급하고 매년 말 각 동별로 심사를 하여 아름다운 동에 대하여는 포상을 함으로써 자치센터를 중심으로 주민들이 도시 가꾸기에 나서도록 유도하는 정책도 필요하다고 봅니다.

이러한 정책들이 시행된다면 강릉은 대한민국에서 가장 아름다운 관공도시가 될 것입니다.

때마침 서울시는 예산 131억 원을 들여 시민들이 베란다, 옥상, 상가, 골목길, 가로변에 꽃과 나무를 심을 때 보조금을 주고 전문가의 컨설팅을 제공하는 '서울, 꽃으로 피다' 라는 캠페인을 벌이고 있는데 아름다운 관광도시를 지향하는 강릉으로서는 이를 벤치마킹하여야 할 것입니다.

문 : 현재 강원도에서는 문화도민운동을 시행하고 있는데요, (사)2018동시모가 하는 사업과 관련은 없나요.

박 : 문화도민운동은 동계올림픽을 앞두고 강원도민들의 의식의 선진화, 서비스의 선진화, 도민통합을 이루고자 추진하는 사업으로 (사)2018동시모가 추진하는 서비스향상운동 등과 같은 맥락입니다.

문 : 서비스향상운동의 구체적 내용을 소개 하여 주시죠

박 : 위 운동은 2018동계올림픽 때는 물론 그 후에도 강릉을 찾은 관광객이 숙소와 음식, 교통, 언어 등에서 불편함이 없도록 서비스 수준을 높이자는 시민운동입니다, 위 운동에는 숙박업협회, 음식업협회, 개인택시운전자협의회 등이 참여하고 있으며, 그 내용은 손님을 맞을 때와 보낼 때 밝게 인사하기, 식당에서 개인접시 쓰기, 수시로 손님에 대하여 불편사항을 점검하도록 하며 서비스 우수업소에 대하여는 시민이 뽑은 서비스 우수업소 인증을 하고 홍보를 하여 주는 것입니다.

문 : 위 운동은 문화도민운동과 중복되거나 얼마나 효율적일지 의문이 들기도 하는데요.

박 : 우리가 하는 서비스향상 운동은 방식이 좀 다릅니다. 문화도민운동이나 시 보건소에서는 통산 서비스업에 종사하는 사람들을 모아 놓고 교육을 하는 방식이지만 (사)2018동시모가 하는 서비스향상운동은 소비자를 상대로 소비자행동요령을 교육하여 소비자 들이 직접 서비스업 종사자들을 바꾸는 방식입니다. 예를 들자면 (사)2018동시모 임원은 서비스 업소에 들어갈 때 먼저 바르게 인사를 하며, 들어가서는 옆 사람에게 피해가 가지 않도록 조용하게 말하고, 종업원에게 개인접시를 가져다 달라, 식사 중간에 필요한 것이 있는지 수시로 둘러보라는 등 좋은 서비스를 하도록 직접 가르치며, 나올 때는 인사를 합니다. 스킨십 교육이라는 점에서 더 효과가 있으리라고 봅니다.

문 : 그 밖에 추진하는 시민운동에는 무엇이 있는지요?

박 : 무단횡단 및 불법주차 하지 말기, 신호지키기 등의 교통질서지키기 운동과 학원강사 및 선생님들 재능기부를 통하여 서비스업 종사자 및 시민들이 기초 영어를 배울 수 있도록 하는 시민교육사업도 계획하고 있습니다.

문 : 마지막으로 (사)2018동시모 내지 박 이사장님이 추구하는 강릉의 미래 모습을 한 마디로 정의하면 무엇일가요?

박 : '수도권 2천만 인구가 즐겨 찾는 명품 힐링도시!' 입니다.

〈강릉신문 2013. 4.3. 인터뷰〉

강릉을 아름답게 꾸미자

강릉은 현재 커다란 잔치를 앞두고 있다.

그 잔치가 바로 2018년 평창동계올림픽이다. 동계올림픽이 열리면 전 세계에서 수만 명의 올림픽 참가 선수와 임원진, 보도진, 관광객 등이 강릉을 찾게 되고 그들의 입과 다양한 매체의 언론보도를 통하여 강릉이 전 세계에 알려지게 된다.

따라서 동계올림픽은 강릉이 세계적인 관광도시로 도약할 수 있는 절호의 기회이다.

우리는 예로부터 결혼식이나 환갑잔치를 치르게 되면 잔치준비를 하기 위하여 마당에 꽃을 심고 집을 보수하는 등 새단장을 하며, 그릇이나 침구 등 생활용품을 새것으로 바꾸는 등 주거 및 생활환경을 개선하고 떡과 과일 등 다양한 음식을 장만함으로써 사는 모습을 한 단계 향상하는 전통을 갖고 있다.

마찬가지로 동계올림픽을 준비하면서 강릉을 아름답게 가꾸는 등 잔치준비를 통하여 시민들의 삶의 질을 한 단계 높일 좋은 기회다.

강원인만이 강원도의 미래를 바꿀 수 있다

2018평창동계올림픽 유치는 공식적으로 유치위원회와 이명박 대통령, 정부, 강원도, 이건희 IOC 위원을 비롯한 재계 인사들, 김연아 선수 등 동계올림픽 스타들의 적극적인 노력의 결실이라 할 수 있다. 하지만 그와 같은 노력은 모든 강원인이 한마음이 되어 동계올림픽이 유치되어야 한다는 당위성에 관한 국민적 공감대를 형성하고 너나 할 것 없이 열정적으로 이를 표출하고 실천하였기에 가능했다고 본다.

특히 강원도민대합창의 1월18일 공연에 이어 사단법인 월드하모니가 5월14일 서울시청 광장과 평창 알펜시아 스키점프경기장,

뉴욕에서 주최한 '2018년 평창동계올림픽 유치기원 10만 국민대합창'은 강원도민들을 비롯하여 서울시민과 해외교포까지 동계올림픽 유치를 염원하는 마음을 담아 합창을 함으로써 동계올림픽 유치를 향한 대한민국의 열망을 예술적으로 표현하였다. 이번 '국민대합창'은 "이번에는 반드시 승리하고 돌아오라"는 메시지를 담은 베르디의 오페라 '아이다(Aida)'의 '개선합창곡(The Grand March)'으로 대합창의 서두를 열고, 세계민요모음곡을 통해 "세계의 화합과 우정"이라는 올림픽 정신을 표현하는 것에 이어 우리나라의 역사와 정체성을 표현하기 위해 '한국환상곡'과 '아리랑'으로 대합창의 대미를 장식했다.

10만 국민대합창은 세계적인 지휘자인 정명훈(Chung, Myung Whun)이 지휘하고, 그가 이끄는 서울시립교향악단이 함께 참여하는 등 시민들 수만명이 동참했다. 대합창을 이끌기 위해 서울시청광장에는 2018년을 상징하는 2018명의 선도합창단이 서고, 평창의 알펜시아 스키점프 경기장에도 2018명의 합창단이 서며, 이어 자유롭게 모인 일반 시민들은 이들 선도합창단의 합창을 따라 노래를 부르며, 선도합창단은 풍부한 화성을 제공하고 일반 시민들은 주된 멜로디를 진행했다. 선도합창단에는 전국 각 지역의 시립합창단, 음악대학 합창단, 소년소녀합창단, 직장인합창단, 종교계합창단 등 59개 합창단이 참여했다. 세계의 심장부인 뉴욕에서도 50명의 교민들이 KBS 뉴욕지국에 모여 서울, 평창과 위성을 통해 음향과 영상을 주고받으며 합창을 진행했다.

국민대합창은 10만명이라는 많은 인원의 참여와 IOC 위원이 많은 유럽 상류사회에 잘 알려진 세계적인 지휘자 정명훈의 지휘로 IOC를 비롯한 세계 스포츠계의 주목을 받았다. 강원도민대합창과 월드하모니의 두 행사는 로이터, AP, AFP 등 외신을 타고 세계에 보도되었고 `Inside the games' 등 스포츠 전문 매체에 보도됨으로써 국제스포츠계에 대한민국의 유치 열기를 확실하게 각인하는 계기가 되었다.

이제 세계인의 겨울 축제를 위하여 IOC와 약속한 경기장 건설, 철도 및 도로 건설, 숙박시설 확충 등에 범국가적 관심과 지원이 이루어져야 할 것이다. 다행히 IOC의 결정이 나자 정치권에서 동계올림픽 지원을 위한 특별기구와 특별법을 제정하겠다고 나선 것은 알펜시아 리조트 건설로 인한 재정부담의 해소와 강원도의 발전을 몇십 년 앞당길 절호의 기회라고 보인다. 막대한 재정을 투입하여 건설되는 각종 시설들이 올림픽이 끝난 후에도 지속적으로 활용됨으로써 재정적 부담이 되는 일이 없도록 대비하여야 할 것이다. 이를 위해서는 시설의 설계 단계부터 향후 활용방안을 고려하여야 할 것이고, 우리 국민은 물론 세계인들이 겨울 스포츠의 메카로 자리 잡게 될 평창과 강릉을 찾아오도록 각종 대회를 지속적으로 유치하는 등 스포츠관광을 활성화하는 정책을 시행하여야 할 것이다.

이러한 하드웨어에 버금가도록 중요한 것은 성숙한 시민의식 함양이다. 도민 모두가 세계 각국에서 찾아오는 손님들을 잘 맞이

할 수 있도록 각자 무엇을 하여야 할 것인지를 생각하고 이를 실천하는 모습이 필요하다.

랠프 왈도 에머슨은 "그 어떤 위대한 일도 열정 없이 이루어진 것은 없다"고 하였다. 꿈을 향하여 행동하는 강원인만이 강원도의 미래를 바꿀 수 있다고 생각한다.

고교평준화에 대한 제언

강원의 미래는 교육에 달려 있다

 부족자원이 적은 우리나라가 한국전쟁으로 폐허가 된 상태에서 출발하여 짧은 기간에 세계 10대 경제대국을 이룰 수 있었던 것은 논 팔고 소 팔아 자식을 학교에 보내고 학군 좋은 곳으로의 전가족 이사나 기러기 가족도 마다하지 않는 우리 국민의 뜨거운 교육열 덕분임은 오바마 미국 대통령도 인정한 바 있다. 더욱이 타 지역에 비하여 규모 있는 산업단지나 기업이 별로 없는 강원도로서는 인재 양성에 지역의 미래가 달려있음을 부인할 수 없다. 이러한 인재양성의 틀이 교육시스템이므로 뒤늦게 고교입시라는 중요한 고육시스템의 변화를 시도하는 강원도로서는 이미 타지역에서 시행되고 있는 평준화 정책의 허와 실을 분석하고 교육전문가들의 의견을 종합하여 최선의 방도를 찾고 이에 대한 도민들의 공감대가 형성되어야 할 것이다.

평창동계올림픽을 성공적으로 개최하는 것에 버금가는 우리의 현안이 고교평준화 정책 도입 여부이다. 두 문제 모두 강원도의 미래를 결정하는 중요한 사안이기 때문이다.

평준화제도는 입시경쟁과 학교의 서열화 문제에 대한 해결책인가

고교평준화 제도를 도입하자는 주장의 주된 논거는 비평준화제도가 지나친 입시경쟁과 학교의 서열화라는 부작용을 초래하는 부작용이 있으므로 이를 개선하기 위하여는 평준화제도를 도입하여야 한다는 것이다. 비평준화제도가 그러한 부작용이 없지 않음은 부인할 수 없다. 그렇다면 과거 지나친 입시경쟁을 막기 위하여 도입된 중학교 평준화제도로 인하여 현재 우리 초등학생들은 과연 공부의 굴레에서 벗어나고 제대로 된 인성교육을 받고 있는가? 또 고교평준화를 이미 실시하고 있는 지역에서는 지나친 입시경쟁이 사라지고 학교의 서열화가 없어졌는가?

오히려 입시경쟁은 평준화를 실시하기 전 보다 더 심해지고 사교육의 비중이 커지면서 학부모의 부담은 더욱 커졌으며, 특목고, 자율형 사립고 등의 등장으로 서열화가 재편되었을 뿐이다. 쉽게 말하면 과거 경기고, 서울고 자리에 외고, 과학고가 들어서고 능력별 수업을 하는 강남의 입시학원이 그 역할을 대신하고 있을 뿐이다.

대학에서 성적을 중심으로 학생을 선발하는 한 고등학교에서 입시경쟁은 피할 수 없다. 그렇다고 각 국가 사이와 글로벌 기업 간의 생존경쟁이 치열한 지구촌에 살면서 우리나라만 서울대학교를 비롯한 상위권 대학들을 없애거나 대학을 평준화할 수는 없지 않는가?

다행히 학교의 서열화문제는 대합입시에서 내신성적의 비중이 높아지고 입학사정관제도 및 지역균형선발제도가 점차 확대되면서 완화되어 가고 있는 추세에 있다.

평준화된 지역의 교육현실

현재 고교평준화제도를 실시한 지역에서 는 학생마다 가정환경과 수학능력이 다름에도 같은 학교, 같은 교실에서 같은 수준의 수업을 받고 있다. 일선 교사들에 따르면 통산중간 수준의 학생에 맞추어 강의를 한다고 한다. 이미 학원에서 선행학습을 한 높은 수준의 학생은 학교수업에 흥미를 잃고 야간에 학원에서 공부를 하였거나 하여야 하기 때문에 수업시간에 잠을 잔다고 한다. 또한 수학능력이 낮은 학생은 수업을 따라갈 수 없으므로 잠을 잔다고 한다. 교사는 그들을 깨울 수 없다고 한다. 이미 수업내용을 알면서 더 높은 수준의 공부 때문에 잠자는 학생을 깨우는 것은 비효율적이다. 그렇다고 잠자는 이유를 따져서 누구는 깨우고 누구는 자라고 놔두는 것은 형편에 맞지 않다. 이것이 과연 바람직한 모습인가? 중고생과 초등생을 한 교실에 넣고 중학과정을 수업하는 것과 다름없다. 평등한 교육을 지향하면서도 실질적으로는 일부에게 교육의 기회를 박탈하는 불평등을 조장하고 있다. 공교육은 공부를 잘하는 학생이나 못하는 학생이나 모두 좀 더 잘하는 방향으로 이끌어 가야할 책무가 있다. 그럼에도 우리의 교육현실은 그렇지 못하다. 잘하는 학생은 더 높은 수준의 학습을 위하여 야간에 학원으로 달려가고, 공부를 못하는 학생은 자신의 수준에 맞는 수업을 듣기 위하여 학원으로 가거나 아예 공부에 흥미를 잃고 포기한다. 중간 수준에 맞춘 교육은 사교육을 조장하고 학부모의 허리를 휘게 한다.

이점에서 우리는 교실의 공동화 내지 사교육의 팽창과 평준화 제도가 무관하지 않음을 읽을 수 있다.

평준화의 전제조건

강원도는 대도시와 달리 도시와 농촌이 혼재하면서 지하철 등 대중교통이 제대로 갖추어져 있지 않은데 학교는 도시와 농촌에 흩어져 있다. 이러한 상황에서 추첨으로 학교를 선택하게 된다면 자신의 거주지와 거리가 먼 학교로 배정된 학생들이 입을 시간낭

비와 경제적 손실은 모두 우리에게 돌아온다. 또한 공립과 사립, 같은 공립 사이에서도 학교마다 시설 등 교육여건에 차등이 있는 현실을 무시한 채 평준화부터 실시한다면 고교입시는 교육 로또가 될 것이다.

따라서 평준화 제도를 도입하기 위하여는 학교의 시설, 교사, 시스템 내지 학부모의 경제력이 있는 지역에서는 평준화 제도를 시행하더라도 그 부작용을 최소화할 수 있다. 그러나 학생이 선택할 특목고나 수준 높은 학원이 많지 않은 강원도에서 평준화제도를 도입하려면 학생들에게 수준에 맞는 수업을 들을 기회를 주어야 한다. 교육의 효율성 측면에서도 반드시 학생들의 수준에 맞춤 능력별 수업이 이루어져야 할 것이고 이는 평준화의 전제조건이 되어야한다.

또한 능력별 수업에 버금가는 평준화의 전제조건은 지역에 골고루 특목고와 특성화고를 신설하는 것이다. 대도시에는 고등학교 때부터 자신의 특기 특성에 맞는 공부를 할 수 있도록 외국어고등학교, 과학고등학교, 예술고등학교 등 여러 가지 학교들이 있다. 강원도에는 도전체에 이런 학교가 한 두 개뿐이어서 교육을 위하여 그와 같은 학교가 있는 대도시 등으로 이사를 가지 않고서는 자신의 특기 특성에 맞는 교육, 수준 높은 교육을 받을 수 없다. 특목고와 특성화고가 많으면 평준화를 하더라도 학생들의 학교선택의 기회가 넓어져 지역 인재 유출을 막는 것은 물론 외지 인재들은 유지할 수 있다. 횡성에 있는 민족사관고등학교, 전주에 있는 상산고등학교가 이를 보여주고 있지 않는가.

학생의 학습권은 학교선택의 자유로부터

우리나라는 자유민주주와 시장경제를 국가의 기본 이념으로 하고 있다. 따라서 국민들에게 대통령, 도시자, 시장, 군수를 선택할 권리가 있고 직업선택의 자유와 경제활동의 자유가 보장되어 있다. 그런데 자녀교육에서는 국민들의 학교 선택권을 박탈하여 국가나 지방자치단체가 선정해 주는 학교에 다녀야 한다는 것은 대단히 비민주적이고 비효율적인 발상이라 아니할 수 없다. 내 자녀를 어느 학교에 보낼 것인지 그 선택의 자유와 권리는 국민들에게 있다.

제도개선은 충분한 검토와 공감대가 형성 되어야

우리는 역사에서 교훈을 얻고 이웃 나라 제도에서 지혜를 얻는다. 이미 중학교 입시제도에서 평준화를 실시하고 있는 우리의 초등학교 현실과 이미 고교평준화를 실시하고 있는 타 지역의 현실을 직시하지 않는다면 눈을 감고 길을 찾는 것과 다름없다.

우리 강원도는 새로 뚫리는 도로망과 철도로 인하여 수도권과의 접근성이 나날이 개선되고 있다. 만일 강원도가 가장 효율적인 교육시스템을 구축한다면 편리한 교통망을 이용하여 서울을 비롯한 타 지역 인재들이 강원도로 몰려들 것이고, 교육시스템이 잘못되면 강원도의 인재가 물밀 듯이 서울로 빠져나갈 것이다. 이 번

고교평준화 문제는 강원도의 미래가 달려 있는 만치 교육행정 책임자나 교육전문가 뿐 아니라 우리 모두가 관심을 갖고 충분한 검토와 공감대가 형성된 이후에 결절 되어야 할 것이다.

교육도시 강릉

'아이들은 미래의 희망'이라고 누구나가 이야기 한다.

그런데 교육 현실은 어떤가?

통계청이 발표한 '2012 사교육비 조사 결과'에 따르면 2012년 우리나라 초 · 중 · 고등학교 사교육비 총액은 약19조원로 추정되는데, 이 금액은 2011년의 약20조1천억원에 비해 5.4% 감소된 것이라고 한다. 청소년의 사교육 참여율은 69.4%에 달하고, 1인당 평균 사교육 비용 지출은 월 23.6만원인 것으로 나타나 자녀들의 사교육 비용에 학부모들의 부담은 심각한 실정이다. 그런데 대학을 들어가기 위한 사교육 비용 뿐만 아니라 대학에 입학하고서도 사교육비가 들어간다는 기형적인 현실이 우리나라 교육을 좀 먹고 있다. 취업포털사이트인 잡코리아에서 조사한 바에 따르면 취업을 앞두고 대학생들이 스펙을 쌓기 위한 사교육 참여율은 57.3%에 달하고 1인당 연평균 비용은 207만원이 소요된다고 한다. 그러나 대학원 입시, 계절학기, 어학연수 등을 합치면 실제 부담은 더욱 커질 것으로 보여 사교육공화국이라 불려도 손색이 없을 만큼 공교육이 무너지고 있다.

이런 교육현실을 타개하고자 늦으나마 국회가 2013년 9월부터 초·중·고교의 정규 교육 과정과 방과후 학교에서 선행 교육을 금지하고 선행 학습이 필요한 평가를 하지 못하는 것은 물론이고 학원과 교습소 등 사교육 업체들은 선행 교육을 광고할 수 없도록 한 '공교육 정상화 촉진·선행교육 규제 특별법'을 통과시켰다.

이 특별법은 비정상적인 사교육 횡행으로 공교육이 무너지고 서민·중산층의 가계 경제가 악화하는 병폐를 해결하기 위한 것으로, 지난 대선에서 박근혜 대통령이 내놓은 공약사항이기도 하다. 그러나 법으로만 규제할 것이 아니라 근본적인 대책이 있어야 한다. 그것이 공교육을 살리는 길이 유일한 길이다. 공교육을 포기하면서 사교육을 규제하는 것은 또 다른 부작용을 낳을 우려가 있기 때문에 공교육에 대한 전면적인 검토 없이 사교육만 규제하는 것은 사후약방문식의 땜질에 불과하다.

우리는 옛날부터 아이들에 대한 교육을 자식농사라고 불렀다. '누구는 자식농사 잘 졌다네.' 하는 식의 자식이 출세하는 것이 부모의 도리인 양 자신을 희생하면서까지 자식교육을 시키는 것이

불문율처럼 이어져 왔다. 그런 오랜 관습을 법으로 하루아침에 고칠 수가 없다. 자식이 출세하면 부모도 존경을 받는 사회가 형성되어 왔기 때문에 하루아침에 규제한다고 되는 일이 아니다.

강남이 왜 유명한가? 소위 8학군이라는 사교육하기 좋은 지역으로 알려져 교육열 높은 부모가 기를 쓰고 강남으로 이사 가기 때문에 생겨난 현상이다. 물론 주거환경이 좋아서 그런 것도 있겠지만 가장 큰 이유가 교육이라는 것을 감안하면 앞으로 지방도시의 가장 큰 난제는 교육일 것이다. 소위 평준화라고 해서 무조건 좋은 것은 아니다. 지역인재를 키우기 위해서는 장성의숙과 같이 집적화된 교육시설이 필요하다. 그래서 굳이 서울로 가지 않아도 될 수 있게 그 인재를 지역을 위한 일꾼으로 키우고 수용할 수 있도록 자치단체가 노력해야 한다.

교육이 무너지면 지자체도 무너지게 된다. 좋은 인재를 타 시도에 빼앗기면 그 만큼 경쟁력이 떨어지고 지역은 발전의 동력을 잃게 되어 점점 낙후된 도시로 전락하게 된다. 우리나라 부모들의 관심은 교육이기 때문에 먼저 교육에 대한 지원시스템을 구축 한다면 자식들 교육을 시키기 위해 강릉으로 몰려오게 된다. 좋은 교육환경을 만드는 것이 바로 강릉시의 발전을 앞당기는 지름길이라고 본다.

실버세대 일자리

　우리사회는 최근 의학이 발달하고 식생활이 향상됨에 따라 사람들의 평균 수명이 길어져서 총인구 중에 65세 이상의 고령자가 차지하는 비율이 점차 높아지고 있는 고령화 사회로 접어들고 있다. 특히 출산율 저하와 평균수명의 연장으로 노인인구가 증가하면서 고령화 속도가 급격하게 빨라지고 있다. 2000년부터 고령화 사회에 진입한 우리나라는 2026년경에는 노인인구가 전체의 20%를 넘는 초고령화 사회로 진입하고, 2050년에는 65세 이상의 노인들이 전체인구의 34%이상을 차지할 것으로 전망되어 대책이 심각한 실정이다.

노령인구 증가로 인해 점점 도시가 활력을 잃어가고 있으며, 도심의 공동화로 인한 경제손실이 심화되어 가고 있다. 다시 말해 시내 한복판이 비게 됨에 따라 도심의 상권이 죽어가고 있으며 이로 인한 경제침체가 가속화되고 있다. 우리 보다 먼저 고령화 사회로 접어든 외국의 경우에는 외부에 아파트를 짓는 바람에 시내에 인구가 비는 공동화가 진행되자 철도를 놓는 등의 방법으로 외부에서 시내로 인구를 끌어들이고자 노력하고 있다. 그래서 정부는 도시재생법을 제정하여 도심으로 인구를 유입하려는 정책적 지원 방안을 마련한 것이다.

'도시재생 활성화 및 지원에 관한 특별법' 이 국회를 통과하여 지난해 12월 5일 시행된 도시재생법은 전체인구의 91%가 도시에 살고 있고, 도시는 각종 산업기반과 문화시설, 공공시설이 집중되어 있어 국민의 삶의 질과 국가경제성장의 전진기지 역할을 하고 있는 우리나라에서 도시가 성장하면서 일부지역에서는 인구감소, 시설노후, 사업체감소 등의 쇠퇴현상이 나타나고 있고, 이들 지역 주민의 생활여건이 악화되고 도시의 경쟁력을 저하시키고 있는 현실에서 비롯되었다.

강릉도 이러한 시대의 흐름에 맞춰 고령화 사회에 대한 대처를 하여야 한다.

먼저 강릉은 겨울에 눈이 많이 오지만 해양성 기후로 인해 서울보다 따뜻하다. 제주도는 바람이 불어 골프를 칠때 방해가 되지만 강릉은 그렇지 않다. 제주도 대신 강릉에서 골프와 관광을 즐기는 것이 좋다는 것을 홍보하면 많은 실버 세대의 일자리 창출과 여가 활용에 효과가 있을 것이다. 부동산 가격도 타지역에 비해 저렴하고, 1가구 2주택의 제한도 없어졌으니 강릉에 주택을 마련하여 생활하도록 유도하는 것도 좋을 것 같다. 강릉은 봄에는 천혜의 환경을 고루 갖춘 산과 바다에서 여러 활동을 하면서 자연을 즐기고, 겨울에는 설원에서 아름다운 설경을 감상하고 스키를 즐기는 등 실버세대가 살기에는 아주 좋은 조건을 갖추었다.

특히 퇴직교사들의 유입을 적극 장려하여 강릉에 정착한 다음 저소득층 아이들의 교육을 시키는 이른바 교육복지 시스템을 도입하면 실버세대들의 좋은 일자리 창출과 타시도에서 부러워하는 교육도시로서의 기능을 갖출 것이다.

제4장

인간 박영화

배려와 분별력을 지닌 심성(心性)의 소유자 (엄창섭)

성취능력이 남다른 분 (나경원)

신념을 가진 봉사자 (부청하)

고향사랑에 경외감 (주호영)

강릉을 위해 일 할 머슴 (이문자)

배려와 분별력을 지닌 심성(心性)의 소유자

엄 창 섭 | 관동대학교 명예교수

고등학교 11년 선배로서 남다른 교분

현재 법무법인 충정의 변호사 신분으로 강릉지역의 범시민단체인 [2018동계올림픽 성공을 위한 시민 모임(2018 동시모)]의 막중한 책임을 맡아 강릉인의 자긍심을 적극적으로 일깨우며, 지극히 헌신적으로 활동하고 있는 박영화 이사장의 일관된 "아름다운 도시 공간 만들기와 관광인프라 개발 등의 다양한 사업을 전개해 강릉을 국제적인 관광도시로 만들겠다."는 집념은 눈물겹다. 특정한 사람과의 만남은 때로는 운명적일 수도 있지만, 사실 고등학교 11

년 선배라는 학연도 예외일 수는 없다. 그러나 천년의 문향(文鄕)이라고 일컬어지는 강릉지역에 몸담고 살아가면서 십 수 년 전에 박영화 변호사의 형수가 되는 정경헌 여사를 시인으로 추천하여준 연유로 조상의 뼈를 묻은 지역의 발전을 위한 그의 남다른 관심과 깊은 애정을 다시금 확인하게 되어 격이 없이 지역의 밝은 미래를 위한 경제와 문화발전을 위한 방안을 위하여 고뇌하며 공감대를 형성하는 일로 오늘까지 든든한 삶의 동력자로서 자랑스러운 박영화 변호사와 교분을 맺어오고 있다.

더반에서 "평창!"을 함께 열창하던 그 날의 감격 잊을 수 없어

막연한 추억이라기보다 조금은 구체적이고 현실적인 문제의 언급으로, 2018평창동계올림픽 유치를 못내 되뇌이지 않을 수 없다. 강원도민의 한 사람으로 눈물겹게 3수의 도전을 위해 역할분담을 기획하던 중 우연히 고등학교의 미더운 후배들과 영동과 영서, 종교 간의 갈등을 풀어가기로 뜻을 모으고 (사단법인)강원도민대합창 모임을 출범시키게 되었다. 2011년 2월 18일 IOC평가단이 강릉빙상경기장을 찾았을 때, 폭설 속에서도 강원도 18개 시군에서 함께 자리하여준 2,018명의 기독교, 천주교, 불교의 합창단을 비롯해 성별과 연령을 초월한 이들이 민족의 한(恨)이 어린 '아리랑'을 열창하여 세계인들에게 신선한 감동을 선사하여 주었다. 이 뜻 있는 일에 누구보다 강릉과 서울을 오가며 헌신적으로 앞장 서 주었고,

특히 지역의 한계성으로 인하여 중차대한 일에 직면하여 크게 걱정할 때, 감사하게도 박영화변호사 자신이 온몸을 던져 두터운 인맥을 동원하고 기업에 경제적 도움을 요청하며 발 벗고 분망하게 전국을 누비던 그의 신념과 역동성이다.

그 같은 그의 결단과 도전은 그 해 5월 14일 서울 시청 광장에서 평창동계올림픽 유치를 위한 국민적 공감대를 형성하는 일념으로 [월드하모니]를 발족시켜 놀랍게도 이벤트를 주도하여, KBS 1 TV를 통한 위성중계방송은 서울, 평창, 뉴욕 등을 연결하여 뒷날에 대통령 표창을 받기도 하였지만, 대한민국의 유치열기를 전 세계에 통신하는 큰 계기를 마련하여 주었다. 7월 6일 더반에서 "평창!"을 함께 열창하며 뜨겁게 포옹하던 그 날의 감격은 결코 기억 흔적에서 지워낼 수 없다.

지역발전에 남다른 열정

그렇다. 새삼스러운 지적은 아니지만, 지역의 발전을 위한 그의 열정은 남다르다. 실로 가슴이 따뜻한 감성의 소유자이기도 한 박영화 변호사는 그 자신이 법관으로 평생을 몸담아 온 연유도 있겠지만, 항상 낮은 자의 자세에서 누군가의 등을 기댈 수 있는 버팀목을 자처하는 실체이다. 아울러 항시 타인에 대한 배려와 분별력을 지닌 심성(心性)이 곧고 신의를 존중할 줄 아는 날(刃) 푸른 의식으로 비열한 이기주의로 치닫는 사회 현상에서 역사적 소임을 충직하게 감당하는 열린 사유(思惟)의 자존감이 강한 존재임에 틀림이 없다는 점이다.

성취능력이 남다른 분

나 경 원 | 한국스페셜올림픽위원회 회장

경청의 힘을 알고 계신 분

"저 좀 도와주셔야 되겠습니다."

2011년 5월 경 박영화 변호사님의 전화를 받고 깜짝 놀랐습니다. 생전 누구에게 뭘 부탁하시는 적이 없는 분이기 때문입니다. 그런 분이 평창 동계올림픽 유치 기원 행사를 위해 제게 힘들게 부탁하신 것이지요.

올림픽 유치전은 '총성 없는 전쟁'이라 할 정도로 각 나라마다 우위를 점하기 위한 경쟁이 치열한 국제행사입니다. 그런데 사비를 들여서까지 고향 강원도를 위해 뛰시는 모습을 보고 대단하다고 생각했습니다.

그 열정에 감동받아 저는 서울시청 광장에서는 열린 '2018평창동계올림픽 유치기원 10만 국민대합창'에 적극적으로 참여했습니다.

'서로 믿고 서로 도움으로써 위대한 업적이 이루어지고 위대한 발견도 생긴다.'는 호메로스의 말처럼 그동안의 신뢰가 있어서 가능한 일이었지요.

판사 시절에도 고향인 강릉과 강원도를 위해 장학금을 기부하고 봉사하신 것으로 기억하고 있는데, 변호사 개업 이후에도 한결같이 고향을 위해 애쓰시는 모습이 참으로 아름다워 보였습니다.

모든 일은 경청에서 시작한다

박 변호사님과 저의 인연은 15년 전으로 거슬러 올라갑니다. 박 변호사님이 2000년 인천지방법원 부장판사로 계실 때 인연을 맺었는데, 참으로 온화한 분이라는 인상을 받았습니다.

존경은 존중에서 나온다고 하지요? 군림하고 명령하는 것이 아니라 수평적인 관계로 후배들과 소통하며 따뜻하게 대해 주시는 모습에 후배로서 항상 존경하는 마음을 간직하고 있습니다.

무엇보다 판사로서 재판 당사자의 이야기를 잘 들어 주시는 모습이 참으로 인상 깊었습니다. 남의 이야기를 잘 들어 주기 위해서는 기다림이 필요하지만 어떤 일이든 '경청'에서부터 시작한다는 것이 저의 믿음이고, 그래서 박 변호사님을 선배로서 더욱 존경하게 되었지요.

제가 2002년 변호사 개업에 대한 도움말을 얻기 위해 찾아뵈었을 때 너무나 친절하게 자문해 주셨고, 또 그 후 박 변호사님이 2004년 법무법인 한승을 설립할 때 함께 참여하게 되었습니다.

온화한 모습 뒤에 숨은 열정

보이지 않는 곳에서 꾸준히 봉사하시는 모습을 곁에서 지켜보며 '저런 분이 정치를 하시면 잘하실 텐데' 하는 생각을 한 적이 있습니다.

스스로를 낮추어 상대의 이야기를 먼저 듣는 자세며 남을 위해 봉사하려는 마음, 온화한 모습 뒤에 숨은 일에 대한 열정을 보면 정치인으로서의 덕목을 다 갖추신 것 같은데 정작 본인이 전혀 관심이 없으셨지요.

변호사로서도 성공하셨지만, 앞에 어떠한 난관이 있더라도 뚫고 나가시는 성취 능력이 남다른 분이시라 무슨 일을 하시든 꼭 성공하시리라 믿습니다.

신념을 가진 봉사자

부 청 하 ㅣ 사회복지법인 상록보육원 원장

스스로 직원들과 함께 찾아 온 보육원

2006년 7월 한통의 전화가 걸려왔다.

"법무법인 한승의 박영화 변호삽니다. 아이들을 위해 봉사하고
자 전화 드렸는데, 아이들이 뭘 좋아하나요."

당시에는 90여명의 아이들이 상록원에 있을 때였다.

아이들은 축구를 비롯하여 여러 가지 운동을 하면서 놀기를 좋
아하였다.

그러나 운동용품이 턱 없이 부족하여 아이들에게 항상 미안한

마음을 갖고 있었는데, 박변호사가 전화로 묻자 나는 곧 바로 아이들이 축구를 무척 좋아한다고 하였다.

나는 그저 축구공 몇 개를 사서 보내 줄 것으로 기대하고 이야기 하였는데, 며칠 후 몇 십 명의 사무실 직원들과 함께 축구선수 최용수도 같이 왔다.

나는 깜짝 놀랐다. 그 날 서울 FC 축구선수 최용수에게 축구를 배운 것을 그 이후로도 아이들이 신나서 나에게 침이 마르도록 자랑하였다.

아이들에게 자신감 불어넣어 줘

어느 날 옷을 잔뜩 가져왔다.

그 옷에는 유명 상표도 붙어 있고, 새 옷 같은 옷도 많았다.

박변호사가 사는 아파트에 홍보를 해서 많은 분들이 가져다 준 옷을 모아 하나하나 다 세탁하여 가져온 것이라고 한다.

아이들에게는 무척 귀한 옷 이었다.

그리고 아이들이 읽을 만한 책을 모아서 가져오면서 그 책의 내용을 설명하면서 아이들에게 꿈과 희망을 주었다.

바쁜 와중에도 짬을 내어 아이들과 많은 시간을 보내는 것을 볼 때 자신이 하는 일에 신념을 가지지 않고는 저렇게 한결같은 마음으로 변함없이 봉사를 하기가 어렵다고 생각하였다.

'경험이란 헤아릴 수 없는 값을 치룬 보물' 이라고 한 세익스피

어의 말대로 자신이 가난하게 살면서 공부하였던 경험을 덕담삼아 아이들에게 들려 줬다.

그 무엇 보다고 귀한 보물을 아이들에게 주고 간 것이다.

아무리 상황이 어렵다 하더라도 '할 수 있다' 는 의지만 있으면 뭐든지 할 수 있다는 자신감을 불어넣어 주어서 그런지 박변호사가 왔다 가면 상록원 아이들의 표정이 밝아졌다.

아이들의 눈높이에 맞춰 봉사

한국전쟁이 휴전 된 뒤 길거리를 배회하며 굶주리는 전쟁고아들의 의식주를 해결하기 위해 기독교 신앙을 바탕으로 1959년 10월 설립된 이래 40여 년간 상록원을 운영하고 있지만, 박변호사처럼 지속적으로 봉사하는 분도 드물다.

'사람은 자신이 하는 일에 대하여 신념을 가져야 한다.' 는 괴테의 말처럼 한번 맺은 인연은 끝까지 간다는 신념아래 봉사 하시는 분 같았다. 한 달에 한 번씩 몇 십 명의 직원들이 찾아와서 식당청소와 아이들과 함께 운동도 하는 등 주로 아이들의 눈높이에 맞춰서 놀아주었다.

지금도 바쁜 와중에도 매달 후원해주고 계신다.

아이들은 법조인의 위엄은 없고, 항상 인자하고, 겸손한 분으로 기억하고 있다. 그래서 그런지 누구보다 많은 아이들이 박변호사를 잘 따랐다.

고향사랑에 경외감

주 호 영 | 국회의원, 국회정치개혁특별위원회위원장

3번의 특별한 인연

86년 나는 육군50사단에 법무관으로 근무한 적이 있었다.

그 곳에서 84년에 먼저 법무관으로 입대하여 인근 해병1사단 법관으로 근무하던 박영화 변호사를 처음 만났다.

그런데 그 인연이 28년을 이어온 특별한 인연의 서막이었다.

92년 대구지법 김천지원 판사로 부임했을 때, 2년 먼저 부임하고 서울민사지방법원 판사로 부임하게 된 박영화 변호사의 후임으로 내가 간 것이다.

그리고 5년 후 대구지법 영덕지원장으로 영전해 갔을 때에도 역시 박영화 변호사의 후임으로 가게 되었다.

이러한 3번의 특별한 인연은 어느새 형님·동생 하는 우정으로까지 맺어지게 되었다.

법정스님은 '함부로 인연을 맺지 마라. 진정한 인연과 스쳐가는 인연은 구분해서 인연을 맺어야 한다.' 며 진정한 인연이라면 최선을 다해 좋은 인연이 되도록 노력하여야 한다고 한 말씀대로 박영화 변호사와의 인연은 스쳐지나가는 인연이 아니라 진정한 인연이 되어 지금껏 형과 동생으로 살아오고 있다.

현재 그런 인연으로 맺어진 선후배 10여 명은 친형제 못지않게 가족들과 함께 매년 모임을 갖게 되었으니 인연치고는 아주 특별한 인연이 된 것이다.

차별 없이 대하는 따뜻한 사람

박영화 변호사는 판사시절부터 누구나 차별 없이 대하였다.

특히 서민들과 거리감 없이 대하는 따뜻한 분으로 모든 일에 항상 경청하고 겸손하며 타인을 배려하는 마음이 몸에 밴 것 같았다.

그래서 그런지 인천지방법원 부장판사시절 가장 많은 화해를 이끌어내 화제가 되기도 하였다.

그러나 과감할 때는 여지없이 과감한 판결을 내렸다. DJ 정부시절 최고 실세에게 1심에서 가차 없이 실형을 선고하는 것을 볼 때 평소 온화하고 다정다감한 성격은 서민들에게만 적용되는 듯했다.

권력을 등에 업고 법을 무시하는 듯 만행을 저지르는 사람에게는 엄격한 법을 적용하는 차디찬 분으로 법치주의를 정립하는데 남달랐다.

고향을 향한 남다른 열정

내가 아는 박영화 변호사는 인생을 무덤덤하게 살아온 것 같으면서도 아주 다양하게 사신분이다.

법조인이면 대부분은 재판과 변론이라는 단순한 경험 밖에는 없지만, 박영화 변호사는 어떤 분야 무슨 일이든 스스럼없이 추진하는 열정을 가지셨다.

그래서 내가 깜짝 놀랄 때가 한 두 번이 아니다.

지난 2011년 5월 서울시청 광장에서 열린 '평창올림픽유치기원 국민대합창'은 문화기획자로서도 엄두도 못 낼 엄청난 기획을 하시고 공연을 성공리에 마치셨다.

고향 강릉을 향한 열정에 대해서는 익히 알고 있었지만, 전문기획자도 아닌데 국제적 행사를 유치하기 위한 홍보기획을 하였다니 너무 놀랍고 부러웠다.

또한 법무법인 한승을 설립하여 경영자의 길도 걸으시는 등 남달리 기업적 마인드를 가지고 있어 저런 분이 정치를 하면 참 잘 하겠다는 생각을 가졌는데, 정치보다는 고향인 강릉지역에 대한 봉사가 우선이라고 하셨다.

판사시절부터 고향사랑이 남다르다는 것은 알았지만 자신을 돌보지 않고 지역을 위해 일하려고 하는 열정이 정말 대단하다 못해 경외감마저 든다.

강릉을 위해 일 할 머슴

이 문 자 | 영동레저 회장

예맥의 힘 작명

2005년 예맥의 힘 모임을 만들기 위해 한 차례 준비모임을 하고 있었다.

그 자리에 모인 분들이 "이름을 뭐라고 지을까?" 논의 하고 있는데, '예맥모임' 하면 기운이 빠지는 것 같다며 '힘' 을 넣어야 '뭔가 기운이 넘치고 활기찬 게 아니냐? 며 '예맥의 힘이 어떻겠냐? 고 하여 만장일치로 '예맥의 힘' 으로 모임의 명칭을 부르게 되었다.

그런 인연으로 만나게 된 박영화 변호사는 초대 엄기영 회장, 두 번째 나, 그리고 세 번째 이이재 회장의 바통을 이어받아 지금 4대 예맥의 힘 회장으로 리더십을 발휘하고 있다.

같은 고향인 관계로 자주 보게 된 박영화 변호사는 법조인답지 않게 무척 서민적이고 털털한 분이다.

"지도자는 마땅히 자기의 텃밭을 가꾸어야 한다.

씨를 뿌리고 살피고 일구어야만 하며, 그 결과를 거둬들여야 한다."고 넬슨 만델라가 이야기 한 것처럼 평소에 자기의 텃밭을 잘 가꾸는 박영화 변호사야 말로 지도자의 덕목을 갖춘 분이다.

평소에 묵묵히 자신을 버리고 남을 위해 봉사하는 마음은 그 누구도 따라가기 어렵다.

강원학사 아이들과 등산을 하며 지낼 때도 자상하게 챙겨주고 모든 일에 앞장서는 것을 볼 때, '이 분이야말로 지도자 감이구나!' 하는 생각을 하게 되었다.

동계올림픽이 강릉발전의 계기

지금 박근혜대통령께서 우리나라 경제의 재도약을 위해 창조경제를 주창하고 계신다.

세계경제 위기 속에서 우리나라가 살아남기 위해서는 인적자원을 활용하여 창조경제를 통해 새로운 부가가치를 만들어야만 된다고 보고 정책기조를 만들어가고 있다.

이제 강릉도 고속철도가 들어오면 1시간 거리로서 강릉경제의 중요한 분기점이 될 것이다. 특히 '2018평창동계올림픽'을 계기로 강릉이 새로운 도약의 기회로 삼아야 한다.

관광산업의 보고인 강릉을 올림픽이 끝난 후로도 관광산업이 활성화 될 수 있게 올림픽 전에 장기적인 플랜을 마련하여야 한다.

그러기 위해서는 뭔가 적극적이고 미래를 설계 할 수 있는 안목이 필요하고 그것을 추진하려는 의지가 강해야 한다.

박근혜 대통령이 정책기조로 삼은 창조경제 도시 강릉이 되려면 무엇인가 고민하고 새로운 것을 찾으려는 열정 있는 분이 필요하다. 그런 열정이 있는 박영호 변호사야말로 강릉을 위할 머슴이 되어야 하지 않을까?

강릉을 위할 인재

강릉은 눈이 많이 오는 지역으로 이곳에서 눈의 압력으로 인해 오랜 세월 줄기가 곧게 되고 가지는 가늘고 짧은 금강송이 많이 자라고 있다.

박정희 대통령이 강릉을 방문했을 때, 그 금강송의 숲을 보시며 "대단하다. 강릉에서 인물이 많이 나올 거야." 하신 말이 기억이 난다.

그래서 그런지 강릉출신 인재가 많다.

그 중에 박영화 변호사도 인재중의 인재다.

'예맥의 힘' 회장과 '(사)2018 동시모' 회장으로 강한 추진력도 있고, 모든 일에 솔선수범하는 것을 보면 참 대단한 분이라는 느낌이 들어 강원도의 존귀한 인물이라고 보았다.

  외모를 보면 한없이 자상하고 온화한 얼굴인데 어디서 저런 열정이 나올 수 있을까? 할 정도로 일을 할 때 정말 다부지게 하는 분이다.

  상상력이 뛰어날 뿐더러 모든 일에 열정을 갖고 일하는 모습에서 강릉을 살리고 나라를 살릴 창조경제를 할 분인 박영호 변호사가 지역을 위해 일을 하면 너무 좋겠다고 생각한 것이 한 두 번이 아니다.

나는 강릉시 사천면 사기막에서 농사를 짓던 아버지 박남수씨
와 어머니 한경애씨의 6남매 중 5째로 태어나 초등학교 3학년 때
까지는 사기막 분교에서 초등학교를 다녔고, 4학년 때 명주초등학
교로 전학하여 졸업하고 경포중을 거쳐 강릉고등학교에 입학하여
대학을 가기 위해 열심히 공부하고 있었다.

집안 형편이 어려워 국립대학 아니면 학비를 감당하기 어렵다
고 생각한 나는 아무 연고가 없는 대구의 경북대학교에 입학하게
되었는데, 나의 졸업을 못 보시고 대학교 2학년 때 아버지가 돌아
가셨다.

당시에 경북대는 사립대에 비해 반도 안 되는 등록금에 하숙비
도 저렴하지만 그것도 아끼려고 갖은 고생을 사서하였다.

아버지가 돌아가시자 휴학을 하고 고시촌에 들어가 본격적으로
고시공부를 하였다. 법왕사에서 공부할 때는 촛불을 켜놓고 공부
를 하였는데도 피곤한 줄 모르고 공부를 한 적도 있었다.

나는 졸업할 때까지 시험에 합격하지 않으면 군대에 입대하게
되어 있어 큰형님의 도움으로 대학원에 등록하고 시험공부를 계속
하기 위해 한겨울에 강릉 본가로 들어갔다.

본가는 옛날 한옥집이라 주위의 잡음소리가 너무 시끄러워 동

네 슈퍼에서 라면박스 60장을 사 와 온 벽에 라면박스로 못질을 하고, 거기에다 전지를 붙여 암기사항 적어놓고 시험공부를 하였다.

사방이 온통 라면박스라 계절 지나가는 것도 모른 채 공부를 한 결과 다행히 졸업과 동시에 합격할 수 있었다.

고시에 합격하고 연수원에 입교하자 나는 경제적으로 좀 나아질 것이라 생각하였는데, 하숙비와 책값을 빼면 오히려 모자라 카드 빚으로 살아야 했다.

이렇게 어렵게 산 살림살이는 결혼을 하고 판사로 발령 나도 더 나아지지 않았다.

판사시절도 마찬가지였다. 다행히 아내가 교직생활하며 아이들을 키운 덕택에 근근이 생활을 꾸려나갔다.

아내는 대학 졸업반 때 미팅으로 만나 결혼하여 고생을 밥 먹듯 하였다. 판사생활 16년 만에 10번 이사를 다니면서 그 중에 2번은 장롱이 비를 맞아 망가져도 아내는 내색하지 않고 묵묵히 나를 믿어주었다.

큰아들인 선용이가 오죽하였으면 초등학교를 4군데나 다니게 되자 '친구를 사귀려고 하면 전학가게 되어 미치겠다.'고 하소연을 다하였다.

지금은 변호사개업으로 조금은 남을 도우는 생활을 할 수 있었지만, 당시에는 넉넉하지 않은 생활에 아내의 마음고생이 이루 말할 수 없었을 것이다.

의사인 큰아들 선용과 로스쿨 진학예정인 준성이를 훌륭하게 키운 것도 다 아내의 덕택이다.

내가 고향을 위해 봉사를 위해 희생 할 수 있었던 것도 아내의 적극적인 지원이 있기에 가능한 것이었다.

이 책을 출간하면서 지금의 내가 이 자리에 있게 해 준 아내에게 진심으로 고맙다는 말을 하고 싶다.